La procesión infinita

Diego Trelles Paz

La procesión
infinita

EDITORIAL ANAGRAMA
BARCELONA

Ilustración: foto © Martín Chambi / Archivo fotográfico Martín Chambi,
Cuzco-Perú / www.martinchambi.org

Primera edición: junio 2017

Diseño de la colección: Julio Vivas y Estudio A
© Diego Trelles Paz, 2017
   Autor representado por Silvia Bastos, S. L. Agencia Literaria
© EDITORIAL ANAGRAMA, S. A., 2017
   Pedró de la Creu, 58
   08034 Barcelona

ISBN: 978-84-339-9338-5
Depósito Legal: B. 10753-2017

Printed in Spain

Reinbook serveis gràfics, sl, Passeig Sanllehy, 23
08213 Polinyà

No, no me había curado: el amor es una enfermedad
en un mundo en que lo único natural es el odio.

José Emilio Pacheco,
Las batallas en el desierto

Primera parte

Lima
Invierno, 2010

Volver a Lima. Treinta y tres años recién cumplidos y la noche de su regreso, la fría sensación de no tener nada que hacer ahí. Han pasado siete horas y once minutos desde que tomó las dos pastillitas blancas de Diazepam y todavía conserva en el cuerpo el efecto atáxico y la dulce somnolencia. Con los ojos entreabiertos, apoyando la cabeza contra la ventana blindada de la nave, observa la alfombra de nubes sucias que corta el cielo en dos mitades y recrea mentalmente la pálida cartografía de la ciudad que abandonó hace ocho años. Eso es Lima, piensa con desprecio, ahí, debajo, como un infierno de luces mortecinas amortiguadas por la neblina: el mismo laberinto, el mismo tambaleo, la misma desesperación ya barnizada por el blanqueo y la amnesia.

Quedan veinte minutos para el aterrizaje. La azafata menos amable le ha pedido que apague su computadora, recline el asiento y baje la persiana para que no entre la luz. Le dice que sí asintiendo con la cabeza pero no le hace caso. Todavía no amanece y desea seguir observando cómo se decolora el cielo narcótico de la capital. El miedo que sintió ni bien dejó Nueva York ha cedido a un ameno desconcierto. Sabe que el ansiolítico lo entumece y consigue que todo le dé lo mismo. Igual, piensa, ya nadie se acuerda del asesinato del crítico literario y su padre le ha dicho que todo está en regla, Diego: nunca hubo orden de captura, no van a detenerte en migraciones, ya todo ha prescrito. Si preguntan algo diles que es falso, que te halaga mucho que se lo hayan creído pero era sólo una novela, que no hay tal cosa. Lo que sí existe es esa fobia clandestina que lo doblega y se niega a aceptar. Odia los aviones. Odia la idea de estar encapsulado a miles de metros de altura rodeado de gente. Odia, hasta el límite del dolor físico, el saltito siniestro que precede la llegada de las turbulencias. Odia las nubes. Todo, en realidad, se reduce al terror de volar y perderse en el cielo por un capricho funesto de la estadística. Sin esa dosis de Diazepam que lo desconecta de la cruel realidad de los aviones, cualquier movimiento brusco de la nave le produce temblores incontenibles que lo avergüenzan. Tiembla, suda, se estremece como un perro en pánico. Sabe lo inútil que es contrarrestar esa agitación involuntaria de su cuerpo, y sin embargo, tensando los músculos de la espalda, aferrándose con ambas manos a los flacos brazos del asiento, improvisa un penoso simulacro de calma que nadie —ni él mismo— logra creerse.

De pronto, alguien habla. El Chato reconoce esa voz rumorosa y sonríe alzando levemente el mentón. Parece un hombre enfermo que se dispone a dialogar con otro imaginado en un lugar público. La metáfora no carece de sentido porque el de la voz murmurante es alguien ausente (ni siquiera soy yo, que iré siempre por arriba o por detrás) que le recuerda a Francisco Méndez: su compañero del colegio, su pata del alma, su mejor amigo.

—Te drogas porque te mueres de miedo, mi Chato.
—¿De volar?
—De que se caiga el avión.
—No creo.
—Sí crees y lo tienes bien clarito pero te da roche admi-

tirlo. Y es tan fácil como esto, Chatito: si se cae morirás, morirán todos..., pero no se caerá. La posibilidad de que eso ocurra es una en 4,7 millones. Yo ya hice mis cálculos con tablas y porcentajes: es más fácil que te dé cáncer al poto.

—Gardel se murió en un avión. Ritchie Valens y Buddy Holly y Otis Redding se murieron en un avión. Ibargüengoitia también... Sabes quién es Jorge Ibargüengoitia, ¿verdad?

—Poeta vasco. Separatista. Alcohólico, coquero y mujeriego.

—Cómo te encanta hablar cojudeces, Francisco.

—Y a ti te encanta cambiar de tema, Chato, pero no te preocupes que yo te lo recuerdo bien rapidito: te aterran los aviones y no lo admites; te drogas para anestesiarte y no sentir temor. Si se cae el avión y tienes la suerte de que aterrice, el único huevonazo que se va a morir dormidito eres tú y créeme, mi Chato, que en esas circunstancias nadie te va a cargar.

—De repente una aeromoza musculosa y culta, ¿no? Alguien que me haya leído y se enamore de mí.

—Ese Varguitas es la muerte, no lo lee ni Dios y quiere que lo reconozcan en pleno accidente.

—Te he pedido mil veces que no me llames Varguitas.

—¡Es que no entiendes, huevas! Es una señal de confianza. La próxima novela ya verás: mínimo película de Lombardi con Angie Cepeda ca-la-ti-ta, mi Chato... Claro, si el avión resiste...

—Te voy a contar un secreto, cojudito sabelotodo. Ya verás que después me lo agradecerás. Tengo un truco infalible en los aeropuertos, y te lo voy a regalar. Son tres pasos simples, pero hay que seguirlos en estricto orden o no liga. Lo primero, escucha bien, es buscar niños en la cola, cuanto más pequeños mejor. Si encuentras tres niños o más, no te preocupes, ya estás a salvo.

—¿Estás a salvo porque hay niños dices?
—Es un seguro de vida imaginario. Ningún niño merece morir y menos en un accidente de avión.
—Yo pensé que eras ateo, mi Chato.
—No hay divinidad presente, loco. Es creencia popular.
—¿Cuál es el segundo paso?
—Antes de entrar, justo en el umbral de la puerta del avión, con el dedo índice y sin que nadie te vea, dibuja una cruz doble en los tornillos de la puerta.
—¿Me estás hueveando?
—No sé... De repente, ¿por?
—¿Eres ateo y dibujas cruces para que no se estrelle el avión? Me das risa, huevas. ¿Alguna vez intentaste dibujar pichulas? Créeme que, por lo menos, serías más sincero.
—Hay cosas que la razón no puede explicar, Francisco. Tuvimos una educación jesuita, no lo olvides.
—Júrame que la tercera es orar de rodillas en el pasillo empuñando un rosario y golpeándote el pecho...
—No. El último paso consiste en mirar cuidadosamente a las aeromozas cuando tiembla el avión. Si las ves palteadas o nerviosas o con cara de culo, olvídate de los dos pasos previos: ya te jodiste.
—O sea, mi Chato, tú eres un ateo supersticioso.
—¿Y cuál es el problema? Tampoco creo en el pensamiento mágico si a eso apuntas. Digamos que es una pequeña licencia. Igual me llega al pincho si te ríes: la próxima vez que viajes, *sé* muy bien que vas a seguir toditos los pasos al pie de la letra.
—¡De todas maneras!, y hasta voy a agregarle el pasito del rosario en el pecho, por si las huevas.
—Ya... Te conozco como si fueras mi hermano.
—Soy tu hermano, Varguitas... El hermano perdido y guapo de la familia.

La voz de Francisco se reproduce en su mente con la

cadencia de una extraña letanía. Es el Diazepam. Su consumo suele generar esos efectos distorsionados y reverberantes en las voces que le hablan atropellándose, y es como si fuera el único testigo del eco que produce un debate susurrante entre fantasmas. Hay, sin duda, algo de esquizofrénico y adictivo en esa sospechosa lasitud que provoca el Valium, y que el Chato atesora como un antídoto contra su miedo. (Es muy probable que él no acepte los términos de esta descripción: cuando alguien le pregunta si teme a los aviones, dice simplemente no sentirse cómodo en el cielo.) A Francisco es al único al que no le responde nada. Su silencio es casi un asentimiento. Méndez no es su hermano pero le habla con la dureza y la dilección del primogénito que pontifica sólo por ser mayor (cinco meses y medio). Si el Chato lo escucha no es tanto por la lógica de sus razonamientos como por esa fortaleza con que defiende y reivindica sus intuiciones. Le sorprende y le disgusta esa seductora capacidad de persuasión que ha convertido a Francisco en un hombre de éxito. Piensa en todo esto ahora que el piloto anuncia el aterrizaje y el equipo de cabina desaparece. En pocos minutos, Diego y Francisco volverán a encontrarse en Lima después de un año sin verse y de un esporádico contacto que se redujo a fríos intercambios telefónicos entre Nueva York y Londres.

Ninguno de los dos ha vuelto a mencionar lo que pasó en Berlín.

Ninguno de los dos ha podido olvidarlo.

El avión ha llegado sin contratiempos y la muchedumbre domesticada por los cinturones de seguridad aplaude entusiasta. Otra vez la sonrisa le brota de manera automática y con un cálido gesto de reconocimiento. ¿Hacía cuánto tiempo que no escuchabas esos aplausos sincronizados, esa alegría espontánea y comunitaria, esos *vivas* entusiastas por el piloto anónimo que les daba la bienvenida al Perú en inglés? El Perú, Chato, tu patria, piensa, diez años sin dictadura y ahora ninguno de los que aplaude desea recordar lo que pasó. Se acabó el delirio, llegó la época lúgubre de la tábula rasa: blanquear los ojos, vivir en un presente perpetuo, fundar un nuevo Estado sobre las ruinas del difunto, negar que alguna vez existió. Y tú, como ellos, lo hubieras dado todo por aceptar el blindaje, por olvidarte del Perú, por rechazarlo y prohibirlo y arrancarlo para siempre de ese lado torcido y doloroso de tu corazón; Chato, serías un hombre más sano, piensa: el ciclo natural de la vida en familia blanca y pudiente de Lima, si tan sólo pudieras voltear la cara como ellos y olvidarte del duelo ajeno, de esos muertos penantes que no son tuyos, de la gente que todavía desaparece tan lejos de la capital.

Pero es inútil: nos tienen como dormidos, piensa, arrastrando el equipaje de mano por un pasillo resplandeciente de mosaicos de granito plateado y ventanales con doble vidrio. *Lo que sea que necesites hoy está en Perú,* se lee en el panel rojo con una foto paradisíaca del río Amazonas que señala el final del pasillo de entrada. La P de Perú es, al mismo tiempo, un trazo circular en espiral y el símbolo del arroba cibernético. Ruinas y modernidad. Me acuerdo, no me acuerdo. Suele repetir mentalmente esa primera frase de la novela de José Emilio Pacheco que tanto le gusta. Se acuerda. Los Beatles en dibujos animados. Cool McCool tocando la guitarra. «*Michelle, ma belle*» en el Volkswagen de padre. Los Guardianes contra los Renegados en el mundo de los Gobots. La Inmaculada y sus tres canchas de fútbol. La leche Enci en sobre blanco y verde con la vaquita pirata. El pan popular. Las velas blancas de apagón en el centro de la mesa. El candelabro improvisado en las botellas de Lulú. Las torres de luz cayendo. Radio Programas del Perú te informa. El toque de queda. Madre ondeando un polo blanco al viento desde el Volkswagen familiar («Es la señal, Dieguito, o los milicos disparan»). El barrio obrero y La Vecindad donde cantaba Manuel Donayre. 18 de junio en El Frontón. Todos bocabajo. Disparo a las piernas. Gente rendida. Disparo a la cabeza. Gente muerta. ¡Todos bocabajo! Un coche bomba. Cuerpos que vuelan. Dos coches bomba. Cuerpos que se despedazan. Tres, cinco, cien coches bomba. Cuerpos que desaparecen. Comando Rodrigo Franco («No existe»). *Demian* de Herman Hesse («Lee», dice padre, y abre una ventana que abre otras ventanas). Miraflores en llamas. 2 de abril en el Congreso. Grupo Colina («¡Tampoco existe!»). Estudiantes que se pierden. Cadáveres que se entierran. Fosas clandestinas. Polladas sangrientas. El flaco Olmedo. El gordo Porcel. El chino Fujimori. Las riquísimas tetas de Moria Casán. El chongo a la vuelta de Scala Gigante. El Two Star de San Isidro a las seis de la mañana. El golpe. Disolver. Disolver. Disolver. Alan García Pérez, presidente de la República, ¡les da la bienvenida al Perú!

No me acuerdo.

Su paso por la ventanilla de migraciones es tan corto, mecánico y anodino que tiene la impresión de que alguien, detrás de los cristales polarizados de la Policía Aeroportuaria, lo está probando. ¿Sería posible que nadie se acordase del crimen del crítico literario García Ordóñez? ¿Lo habría soñado? ¿Dónde estarían ahora Larrita, Ganivet, Casandra, Sawa? Preguntas inútiles. Esa parte de su vida se ha perdido para siempre y no está dispuesto a resucitarla. Mientras espera su equipaje sentado sobre una de las serpenteantes fajas de recojo, explora el ambiente bullicioso de la sala con un lento paneo horizontal que termina en los peajes de salida. Contra todo pronóstico, el antiguo semáforo a dos luces que determina la inspección manual de las maletas ha sobrevivido al barniz de opulencia que lo impregna todo. Es como si el plan de remodelación del aeropuerto se hubiera estrellado contra esa antigua práctica costumbrista destinada a torcer destinos. Tentar la posibilidad del verde le produce una ansiedad innecesaria porque sólo lleva ropa, casi toda ajena. La última moda inglesa son los polos rayados de rugby con cuello de camisa y los chinos de colores hasta la pantorrilla, mi Chato. Te daría también mis Topman blancas sin pasadores, pero como eres enano y la tienes chiquita, seguro te bailan. No te piques, huevas, sabes que lo digo por joder. Esa chaqueta me la regaló mi mujer pero ahora ni me entra. Imagino que ya sabes por qué. Mírame el pecho, Chato, mi espalda, ¿viste?, ¡una inmensidad! A ti te queda como pintada, resalta tus músculos, la claridad de tus ojos, y además es Zara: si uno se viste decente, huevas, si va seguro, si huele rico, levanta vaginitas sin despeinarse.

Luz verde y avanza. Tras el portal, una multitud apretujada y discordante ha convertido el semicírculo natural de espera en una herradura deformada por el tosco vaivén de los cuerpos. Ruidosas y coloridas, presionadas unas contra otras y hermanadas por la más tosca de las alegrías, las personas forcejean sobre el sitio como si en vez de esperar a sus parientes estuvieran a punto de tomar el aeropuerto. La imagen del gentío descompuesto le produce desagrado pero se niega a admitirlo. ¿Quién era él para despreciar a los suyos? ¿En qué se había convertido ahora que avanzaba cabizbajo y a paso lento enfundado en las costosas ropas de Francisco? ¿No era injuriosa esa sensación de desapego hacia lo que siempre había observado con empatía? ¿Sería el cansancio, Chato? ¿La angustia heredada? ¿El hastío? ¿La incertidumbre? ¿Seguiría ahí, como una procesión marchante, ese sentimiento culposo que exorcizabas llenando páginas, presentando libros, hablando en público, sonriendo ante cámaras como un pendejo? ¿Te imaginas? Todo ese recorrido vital, todo ese falso fervor, todas esas palabras recitadas desmoronándose de tu boca como un líquido inmundo. ¿Y para qué? Para terminar en el mismo sitio. Lima. Lima. Lima. Todas las veces Lima y el escritor pequeñoburgués de Magdalena volviendo al oscuro nido. Ni más ni menos, Chato, piensa: ¿eso eras?

Sí, mi Chato, eso eras, ¿para qué negarlo?; pero tú tranquilo nomás, no te hagas paltas ahora, que nada en esta vida es permanente, dijo él (o dije yo). Parecía más alto y hermoso y, con su impecable blazer blanco sobre la camiseta también blanca abierta en V hasta el pecho, resplandecía entre la muchedumbre por su delicadeza. Su saludo efusivo tomó al Chato desprevenido, fue casi una cariñosa imposición. Arqueando dócilmente el espinazo, Francisco tuvo que encorvarse hacia delante para no abrazarle la cabeza. Su primera frase («Hay tres gramitos de coca») generó en Diego una risita nerviosa y alborozada que primero desveló incredulidad y, luego, un deseo vehemente por confirmar que aquello era cierto.

–No nos vemos hace un año huevonazo, ¡¿y eso es lo primero que se te ocurre decirme?!
–Sí.
–Ya... ¿Hay mucho?
–Tres falsos de aire acondicionado. *Bien* gordos.
–¡Qué rico, carajo!
–Es lo mínimo, mi Chato. Así nomás no se celebra un reencuentro de hermanos. Dejamos tus cosas en tu jato, saludamos a tus viejitos, te bañas, te lavas bien la fruta, te pones churro y al toque nomás empalmamos al Huaringas que hay unos pisco sour brutales.
–Yo no voy a bares de pitucos.
–Tú, duro, vas a cualquier lado, Chatito.
–Hay algo de cierto en eso... Pero son las siete de la mañana, Francisco, no hay nada abierto a esta hora.

—¡Pobre mi Chato! Estados Unidos lo ha ahuevonado mal. Ya volviste al Perú, loco. Aquí, blanco, churro y con fichas hace lo que le da la gana; y tu hermano Francisco tiene coca, guita y nave, sólo faltan las vaginitas, ¿qué más quieres? Si algo no está abierto, muy simple pes', mi Chato: lo abrimos.
—Prefiero ir al Hotel Bolívar.
—¡Donde quieras, campeón!
—¿Tú sabías que Orson Welles tomó su primer pisco sour en el Bolívar?
—¡Claro! Qué pregunta para más cojuda... ¿Estás cansado? ¿Te metiste de nuevo la pastillita esa para negar que vuelas?
—Sabes quién es Orson Welles, ¿no?
—Roquero escocés. Más o menos de la época de Rod Stewart. Misógino, ludópata, heroinómano y recontra cabro.
—Je, je..., huevón, me haces reír. No eres más ignorante porque no hay concurso.
—Es adrede, Chatito. Tú te ríes bonito.

A través del encuadre, en un plano entero que permite visualizarlos de pies a cabeza, caminando uno al costado del otro bajo el efecto retardado del ralentí, es posible apreciar la poca armonía de sus cuerpos contra el escenario brumoso del estacionamiento. Es la clásica escena cinematográfica de presentación. El Chato tiene la costumbre de pensar los hechos de su vida recordando e imitando las escenas de sus filmes favoritos. Aquí, por ejemplo, piensa en *Reservoir Dogs* y camina más lento adrede. Es una representación espontánea, con extras despistados que no saben que están actuando: la puesta en escena de una película de neorrealismo cholo, la cámara oculta, nadie sabe dónde. Tarantino que le hace un guiño a Godard y Godard que homenajea a Peckinpah. ¡Qué paja!, piensa en silencio, sintiéndose profano y veleidoso. (Es muy probable que Diego no acepte los términos de esta afirmación: cuando alguien le pregunta si se considera un cinéfilo, dice simplemente ver películas de manera compulsiva, sin entender del todo, por ejemplo, esa obsesión malsana de los críticos por los tiempos muertos.) La fotografía los inmoviliza. Es un artificio técnico que rompe la continuidad pero no distorsiona la historia. Avanzando de frente y en cámara lenta, la diferencia de tallas era mucho más evidente, pero, por un efecto cómico que es más amable que burlesco, terminaba siendo accesoria. Ahora no. Detenidos en su marcha, lo único que tienen en común es la ropa lujosa de Francisco. Están vestidos como príncipes urbanos en una geografía demasiado agreste para cobijarlos sin aspereza. El Chato lleva una chompa azul jaspeada con tres botones cruzados sobre el pecho y el cuello abierto en pétalo. El pantalón negro de tela no está del todo ceñido porque haría más notorias esas piernas de futbolista que lo engordan. Las piernas de Francisco, por el contrario, son largas y flacuchentas como las patas grisáceas de un avestruz; es por eso que lleva unos chinos grises de algodón entubados sobre las pantorrillas y remangados por encima de sus tobillos desnudos. El suyo –con los Ray-Ban aviador y los mocasines blancos de gamuza– es un look veraniego que lo muestra dócil y vulnerable hasta el punto de feminizarlo. No es, sin embargo, ni genuino ni espontáneo. En absoluto. Como todo en su joven vida, la construcción de su imagen ha sido calculada al milímetro. Su leve androginia no es el símbolo sincero de un espíritu disoluto y sexualmente ambiguo. En Francisco Méndez todo tiende a la fascinación momentánea y descartable por lo superficial. Su vestimenta, por ejemplo, no es otra cosa que una vitrina itinerante de marcas costosas al servicio de su narcisismo. Nunca escatima en gastos. Vive esclavizado a las tendencias y acepta sumisa e irreflexivamente hasta la prenda más disparatada si aparece en las revistas de moda. El Chato odia esa impostura y se lo hace saber con frecuencia. Sus críticas, no obstante –lo reconoce con vergüenza–, son una forma de defensa contra su propia inconsistencia. Enfundado en el jersey azul que el mismo Francisco le obsequió en Berlín aquella noche siniestra, es imposible adoptar una actitud crítica sin sentirse un poco cínico.

El invierno de Lima los recibe lanzando sus pelusas de agua helada que mojan por acumulación. La garúa de agosto es así: una brisa molesta que lo cubre todo como una fina lluvia de escarcha. Es raro que llueva en la capital. Cualquier precipitación agresiva podría ponerla en riesgo de inundación. A Diego siempre le gustó esta estación. La palidez de ese cielo que parece ceniza evaporada, y que a tantos aluna y pone de mal humor, a él le parece dulce y melancólica. «No hay como el invierno limeño para suicidarse, Varguitas», dice de pronto Francisco. Es un chiste serio que el Chato consiente bajando el mentón hacia el pecho y sonriendo. Sabe que su amigo ha leído sus novelas. Sabe que podría estar al tanto de la macabra fascinación que el tema del suicidio despierta en él. Ni siquiera le importa mucho que lo haya llamado Varguitas. En menos de un minuto, va a pedirme algo, piensa resignado y silente. Tiene razón. Una de las tácticas de seducción de Francisco, consiste en decir exactamente aquello que su interlocutor desea oír. No importa si es escritor, peluquero, sacerdote o policía. Tampoco importa el conocimiento que tenga de lo que señala con una seguridad quirúrgica. Conoce a poca gente con esa capacidad tan desarrollada para fingir sin inmutarse ni gesticular ni modular la voz. Francisco simula con una hipocresía tan atildada que cuestionarla parece descortés. Es un timador gentil y hasta ocurrente que no abandona a sus personajes ni cuando se ponen en evidencia las costuras de su representación. Es un juglar moderno, piensa el Chato: más que repetir o imitar lo escrito, lo interpreta. Escribe oralmente —como decía Borges que hacía Macedonio Fernández–, y si algo falla en el simulacro, improvisa: es capaz de inventar sobre la marcha una fantasía agregada que resulta incluso más convincente que la original. Su placer no reside en la recompensa sino en el engaño. Francisco goza representando, incidiendo en la rutina de los días, sembrando dobles efímeros sobre la realidad.

Como Diego conoce todas y cada una de sus estrategias de reblandecimiento, decide cortar de golpe el silencio y adelantarlo.

—¿Qué chucha me vas a pedir, huevón?
—Un autógrafo, Varguitas.
—Déjate de cojudeces, mierda. ¡Y no me digas Varguitas!
—Es un pequeño estímulo, mi Chato. No seas malagradecido. Hasta los futuros grandes escritores necesitan humildad y buen juicio.
—¿Me vas a decir qué quieres o no?
—Lo único que quiero en esta triste vida, mi Chato, es meterme una raya *extra large* contigo y bailar...
—¿Vas a bailar como Morrissey?
—Más gay. Hasta tengo un pasito nuevo, pero tú tienes que ponerte delante agachadito y en posición de espera.
—Jajaja... Estás más loco que antes, huevón.
—Es para tu sano esparcimiento. Ya te he dicho que te ríes bonito, pero hoy te siento un poquito apagado y..., no sé..., disperso...
—Es el Valium.
—¿Estás escribiendo algo ahora, mi Chato?
—No..., no he escrito nada en meses.
—Normal. Tranquilo. Después del exitazo de la última novela es hasta sano... ¿Cómo se llamaba?
—Borges.
—La novela, digo...

–Sí, Borges, la novela se llama Borges.
–Manya, qué original... ¿Y cómo se va a llamar la próxima? ¿Arguedas? ¿Cortázar? ¿Cervantes?
–He pensado en ponerle la conchadetumadre, ¿te gusta?
–¡Me encanta!... A la que no creo que le guste mucho es a mi madre.
–En eso tienes razón.
–Y es que ya la conoces, mi Chato, ella siempre está preocupándose mucho. Parece que aún tuviera quince años y siguiera viviendo en su casa. Yo la entiendo. Hoy, por ejemplo, antes de levantarme a las cinco de la mañana para venir a recogerte, me preguntó quién iba a conducir si acaso brindábamos por el reencuentro.
–Puta madre... ¡Lo sabía!
–Ya. Si la conoces pues hace mucho, ¿no?, y ella siempre te...
–No, pendejo, no hablo de tu mamá.
–¿Ah, no?
–No te hagas el huevón, Francisco... Me vas a pedir algo. ¡Sabía que lo ibas a hacer! ¿Qué mierda quieres?... Ni pienses que voy a manejar, ¿eh? Ni cagando... ¿Cómo voy a manejar si estoy drogado?
–Nadie te obliga. ¡Faltaba más, mi Chato! Pero, claro..., habría que considerar dos cosas. En primer lugar que ya tengo tres rayitas pecadoras en la cabeza; y en segundo, que si nos para un tombo no habrá ni coca ni trago ni vaginitas para agasajar a nuestro escritor. De hecho, no habrá ni una puta mierda porque es posible que Francisco y Diego terminen bien presos si la fatalidad les manda a un policía honesto en el Perú... Pero bueno, mi Chato, tú sabrás más que yo si vale la pena arriesgar.

Diego tragó saliva. Lo miró con odio. Hubiera podido decirle tantas cosas, pero sabía que era inútil. El planteo de Francisco para conseguir que maneje había sido brillante y él había caído redondo. Con la cocaína, la adulación exagerada y la promesa de las mujeres y la fiesta interminable, lo había ablandado hasta anularlo. Y aunque el Chato estaba consciente de que todo había sido un hábil juego de palabras, la manipulación de Francisco había sido tan efectiva que manejar ahora ya no le parecía tan descabellado. De hecho, hasta pensó que podía ser una forma de reciprocidad, un gesto amistoso para corresponder el detalle de ir a buscarlo al aeropuerto. Abrió la palma de la mano esperando la llave. Francisco le preguntó si antes de encender el auto no le apetecía meterse un par de rayitas de cortesía. El Chato lo observó con una mezcla de rabia y admiración. Sí quería pero no lo iba a hacer, hijo de la gran puta. Así se lo dijo y los dos se rieron como antes, con el mismo estruendo contagioso de los quince años en el colegio de jesuitas, cuando Francisco llegó a su clase expulsado de tantas otras y se sentó al costado y, luego de mirarlo y sonreírle con simpatía, se tiró un largo y sonoro pedo alzando una nalga y abanicando con sus manos el aire fétido hacia él. Un cague de risa, mi Chato. Los dos terminamos en la secretaría por un pedo, ¿te acuerdas?, dijo él (o dije yo); y tú te orinabas de risa cuando le decía al padre Leonidas que no era justo castigarnos por mis problemas estomacales pues, padre, ni que uno lo hiciera adrede para pasar vergüenza con los nuevos compañeros, sea consciente, si hasta estoy adolorido y arrochado porque no puedo aguantarme, padre, salen solitos y creo que huelen feo.

La salida del aeropuerto tiene ahora un sistema automático de cobro. Ya no hay casetas ni empleados. Una máquina verifica el pago a través de una tarjeta y agradece al conductor. Del otro lado, en la entrada, el Chato puede distinguir tres líneas deformes de automóviles esperando el control policial y siente la misma añeja familiaridad que le produjo el semáforo a dos luces en la sala de los equipajes. Transpuesta la última barra electrónica, el primer anuncio del delirio automovilístico de Lima es una estampida furiosa de custers, combis, taxis, buses, motos y carros particulares que rodean y atraviesan el óvalo de Faucett en distintas direcciones al mismo tiempo. Todo está permitido: meter la trompa del vehículo y cerrar el paso, pasar del carril extremo de la izquierda al de la derecha acelerando en diagonal, detenerse en cualquier lado de la avenida el tiempo que se estime conveniente, subirse a las veredas, a las bermas con jardines, a las ciclovías, a los parques, a donde lleguen las ruedas, comerse todos y cada uno de los semáforos o simplemente quedarse quieto esperando pasajeros mientras la luz verde agoniza, tocar la bocina frenéticamente, una, dos, cinco, diez, veinte veces mientras gritas y golpeas y amenazas y bajas del auto con el fierro de la gata dispuesto ya a romper, a quebrar, a chancar, a destruir, a asesinar a quien sea, por lo que sea, así venga la policía, ¡qué mierda!, tú a la policía te la pasas por los huevos, tombo conchatumadre, aquí yo hago lo-que-chucha-me-dé-la-gana, qué mierda quieres, ¿ponerme una papeleta?, ponme cinco si quieres, igual no las pago, huevonazo, y aprietas y aceleras y chocas y atropellas y te das a la fuga y todos vieron pero nadie vio porque si pasa y tienes bille, arreglas, trabajas, ofreces, coimeas, la libras, la olvidas, se olvidan, no saben, no opinan, la vuelves a hacer, todo se puede porque el mundo es ancho e impune cuando enciendes un vehículo y te lanzas sobre las pistas cementerio de las calles de Lima.

    Quizás es por eso que los peatones no confían cuando el Chato respeta el PARE y, con la mano barriendo el aire, los invita a cruzar por delante con una sonrisa. Éste está cojudo. Éste está loco. ¿Qué le pasa? Si avanzo, me mata. Si le creo, acelera y me arrolla. Porque aquí es así, lo sabemos todos, es ley-no-escrita: primero el carro, segundo el carro, tercero el carro, cuarto el carro y así hasta el infinito. El que confía muere. En Lima hay que tener ojos en la cabeza y en las orejas por si te embisten por detrás o te levantan de lado. Nadie está libre. Si subes a la combi o a la custer ya estás midiendo al cobrador —sus palabras, el tono de su voz, la música que escucha, la forma en que agita las monedas con el puño cerrado cuando cobra, su solidaridad con los que suben a vender o a cantar o a pedir limosna, su educación, su humor, su persistencia, su ira–, y luego ya estás midiendo a los pasajeros —si hay pocos, si tienen buena pinta, si hay ancianas, si hay niños, si todos son hombres, si se miran, si se hacen los locos–, porque así también atracan en las combis de la muerte, uno está cansado, quiere irse a casa y de pronto el chofer tuerce el timón y cambia de ruta y el colectivo se convierte en infierno rodante de pasajeros delincuentes, suelta todo carajo o te mueres, ya perdiste, qué chucha me miras, ¿quieres morirte?, ¡al piso mierda!, vociferan arrebatados, y la flaca que subió contigo teme lo peor mientras le aprietan la vagina, el culo, las tetas, qué ricas las tienes putita de mierda, si estuviera solo te reviento la concha pero tienes suerte, te salvaste que hoy no salí con el taxi que también estás midiendo cuando extiendes la mano en plena avenida, en la Javier Prado, en La Marina, en La Colmena, en Benavides, donde sea, ya se ha dicho: nadie está libre, ¿cuánto hasta Maranga, señor, por Los Próceres?, ¿quince? No sea malo, muy caro, doce. ¿Trece? Ya, pero tú ya lo mediste, desde antes, tienes que hacerlo si quieres librarla, primero una foto con el celular: sonría si quiere, es por mi seguridad, el mensaje es para mi novio o para mi padre, señor, y me siento detrás de su asiento, bajo y subo los pestillos mecánicamente, por si acaso, no vaya a ser que usted lance ese spray que adormece y me lleve a la Costa Verde, y le hablo

de cualquier cosa, me hago su amiga y usted responde y yo voy midiendo si estoy a salvo, si voy a llegar a mi casa intacta, si su gentileza es fingida, si usted es realmente un taxista o un choro pervertido, porque en Lima todos pueden ser taxistas, basta un carro y comprar el adhesivo de a sol cincuenta, hay de todos los colores, caserito, verde, amarillo, rosado, celeste, turquesa, fucsia, un poco de presión y saliva contra el parabrisas y, maravilla de las maravillas en la Ciudad de los Reyes, ya tenemos otro taxista.
–Son los peores.
–¿Los taxistas?
–Microbuseros, taxistas, taxicholos, aquí son todos la misma mierda, mi Chato.
–¿Esta huevada es lo que queda del famoso peaje con el que nos metieron la yuca?
–Sí. Esas columnas. Todas las semanas se sacan la mierda dos o tres borrachos.
–Y el tipo ese nunca fue preso, ¿no?... ¿Cómo se llamaba?
–Cury, creo.
–Sí, Cury. Tremendo chorazo. Se mete de alcalde, arregla con la empresa argentina que le pavimenta dos kilómetros a la salida del aeropuerto y le cobran hasta a las moscas, los muy hijos de puta, como si hubieran hecho una Vía Expresa...
–Mejor no hablemos de eso, Chato, me bajas el vacilón...
–...se forra de billete. Transa en el Poder Judicial. Lo salvan los apristas. Ahora quiere postular de nuevo... ¡y seguro gana el hijo de puta!...
–Oe, Chato, estás manejando como el culo. ¿Tú estuviste viviendo en Nueva York o en Nueva Delhi?
–No seas malo... Nunca fui a la India... pero vi en internet que allá se mueren como diecisiete cada hora por el tráfico. Y la gente los deja ahí nomás, tirados en la pista.

—¿Por?
—No quieren declarar. Si los ayudan, la policía los cita. Prefieren que se acumulen los muertos en la calle.
—Sabia decisión. Con esa policía siniestra yo tampoco iría. Seguro por ayudarlos terminan presos.
—Siempre tan pragmático el hermano metrosexual de Cury...
—¡Qué pesado eres oe!... Más bien: ¿un tirito? ¡Habla!
—¿No ves que estoy manejando, huevón?
—No te preocupes, mi Chato. Faltaba más. Si quieres pellizco dos cerritos mentolados, te los pongo en la aspiradora esa que tienes por ñata, y verás como llegamos ligerito-ligerito a los pisco sour, coquero bello.

De la algarabía por el reencuentro al penoso incidente a veinte metros del cruce de la avenida Faucett con La Marina hay dos o tres momentos que más tarde parecerán falsos y ajenos a su comportamiento. Ellos, a fin de cuentas, sin decirlo abiertamente, con la experiencia de los años en el extranjero que han forjado una distinta forma de convivencia con los demás, se pensaban distintos. El Chato tenía vergüenza de admitirlo pero era incapaz de negarlo. Se sentía asfixiado por esa sensación incómoda que le producía el discursillo retrógrado del civilizado contra el bárbaro. Para Francisco, por el contrario, era un asunto meramente descriptivo: el Perú, decía, era un país de salvajes y así sería siempre porque nunca, ni con todas las riquezas del guano y la minería, se había podido abandonar esa natural inclinación del peruano por el comportamiento animal. No es, pues, mi Chato, un asunto de ser más o menos cholo o pituco. Ni siquiera tiene que ver con el billete o con la posición social. Esta vaina no es genética. Somos animales por opción. Eso que trajo la dictadura nos persigue porque nos

31

define. Y no se va a ir nunca. Dale cinco años más y vas a ver que Fujimori volverá a terminar lo que hizo apoyado por los mismos que marcharon contra él. Tú marchaste, ¿no? Pues muy bien, Chatito, hiciste lo correcto. Te felicito. ¿Crees que a alguien le importa? Yo no marché, y aunque voy a sentirme menos cínico que un montón de gente, eso tampoco sirve de ni mierda, así que estamos iguales; pero a mí no me duele y a ti te mortifica, te llega profundamente al pincho que quedemos parches. Lo que admiro en ti, mi Chato, es que sigas creyendo que las cosas van a cambiar en el país, que sigas escribiendo y luchando por algo que está muerto. Por eso nos fuimos del Perú, ¿no?

Francisco dejó de hablar. Estaba mirando distraído los apagados esqueletos luminosos de las pollerías y los casinos de La Marina, justo en el momento en que un Hyundai verde les cerró brutalmente el paso. La frenada fue tan violenta que, tras el salto, ambos sintieron en el pecho el latigazo ardiente del cinturón de seguridad. Aturdidos, pensando que podría tratarse de un secuestro al paso, Diego y Francisco se quedaron quietos, mirándose con una mueca de asombro que pasó rápidamente de la preocupación al miedo y del miedo a la sorpresa, y luego a la furia y al descontrol de lo que pronto se convertirá en persecución frenética y en incontrolable sed de venganza que sólo podrá saciarse cuando el Chato, cerrándole el paso con la trompa del auto, lo obligue a detenerse en seco y el grito enfurecido del taxista se eclipse con el primer puñete de Francisco que le destroza la mandíbula y lo noquea, y hasta podría haberlo desmayado si no fuera porque logra sacarlo de los pelos por la ventana y arrojarlo a la pista, ya ensangrentado, ya pidiendo auxilio y perdón, mientras los dos amigos descargan toda la ira contenida contra un hombre vencido que llora y se desvanece, ligero y leve como un espantapájaros a punto de romperse.

ns
Verano, 2015

No, hermanito, no, tú te hueveaste mal: ya se murieron todos, o casi todos, pero los que se quedaron aquí están perdidos. Penan su almita de vez en cuando por las laderas del Sena buscando sus libritos entre los *bouquinistes*, esperando que los reconozca alguien, cualquiera, pero no les hace caso ni el que vende crepas conchasumare; y se parecen un poco a ti, mi causa, todos, toditos viven la vida hacia atrás, como si caminaran de espaldas, y uno se les acerca, ¿no?, firme, sincero, buena onda en plan leo-un-culo-y-me-duele-el-mundo, o mejor, más seguro, ¡maestro-he-leído-toda-su-obra!, y ya después es más fácil, se abre la puertita fintera de su hosquedad, les ofreces su buen *pinte* de tres euros cincuenta y es como ponerle una luca a la máquina del tiempo conchasumare, broder, esos tíos son bravos, lo modosito se les quita con la primera espuma, basta entonarlos un poco y te cuentan hasta sus caches, ta mare, y tú crees que sigues aquí en Le Sully, en la rue Saint-Denis, al costado de los kebabs, de los pordioseros y de las putas, ¿no?, pero te equivocas, los tíos abren la boca guarapera y París, en *one*, regresa a los setenta y a tu costado ya está Óscar Málaga disfrazado de George Harrison y Mario Santiago más flaco que perro chino y con los brazos llenos de sarna. Malean duro los tíos, ya sólo falta que se pongan a escribir poemitas revolucionarios en la servilleta, «pa' levantar hembrichis», dicen, y se cagan de risa, que estarán viejos y panzones pero el radar de bricheros lo tienen pito, causa, franco, ven vagina rubia y la cola se les mueve como antena de combi, conchasumare, están en París hace cuchumil años, ponles una vagina delante y acaban de llegar de La Habana de hablar con Fidel, camarada, no te perihuevees.

Son la cagada mis tíos, yo los quiero como mierda, pero eso ya fue pues, causa: mancó, se acabó, *c'est fini*. Se murió Cortázar. Se murió Ribeyro. Se murió García Márquez. Se murió Asturias. Se murió Carpentier. Se murió Scorza en los trágicos cielos de Madrid, y París, mi causita, la cuna occidental de los escritores latinoamericanos por la voluntad de los pueblos, se fue a la mierda... *Oh putain!* ¡Esta chelita pericotosa está que me alborotaaaa...! Pero bueno, mi broder, para hacértela breve y periviolenta: que ya se acabó, ¡coño! ¿Cómo que has venido a París a escribir? *Vous êtes fou ou con ou quoi?* Ay hermanito, ay mi broder, te escucho y me dan ganas de comprarle al árabe una rosa conchasumare, siempre me cayeron bien los escritores románticos, firme, es como si ignoraran adrede que el mundo es una inmensa bola de caca, no malees, mira que venir ahora a París a escribir, ¡ja!, peripatético, sí, pero en el fondo chévere. ¡Cuánto hubiera dado yo por llegar así como tú! Pero ya ves, no todos tenemos esa suerte, hermanito. Tú has venido directo de San Isidro City sintiéndote Hemingway y yo, que soy del rico Agucho, no puedo ni regresar al Perú porque me encanan. ¿Por qué? Por cojudo pues, ¿por qué va a ser?..., pero aguanta el taxi chochera, ya en la otra ronda desembucho el chaufa pero, por ahora, *faites attention monsieur!... Faites attention* ¡y salúuu!... No pes, qué onda. Tampoco te sientas periculposo, mi causa.

Es normal. Francia es otra. Parece que no pero sí: está desfigurada en el corazón y camina resignadamente al abismo. Dale dos añitos máximo a esta vaina y entrará el Frente CuchiFacha de doña Marine a fumigarnos como pericotes. Y mientras tú sigues jugando a ser Rimbaud en tu buhardilla con ascensor, escribiendo tu novelita burguesa sobre los pitucos desalmados que explotan cholos bellos como yo, aquí, cuando llegues a la Préfecture pensando que eres Julius y te estás yendo al Country, el franchute más nazi e hijo de puta de la tierra te va a tratar como el cholo más sarnoso de Europa y te va a pedir —educadamente, claro— que te largues de una puta vez de París y te metas tus novelas de mierda al poto...

¿Otra rondita?

A ver, pues, mi causa: tampoco te pericompliques. Se trata de luquear, ni más ni menos. Has venido a escribir, ¿no? Ya pes, si es eso, hermanito, para escribir hay que saber latear, recorrer a pata la ciudad manyando, chequeando, abriendo los ojos. No hacia arriba sino hacia al piso. París hacia arriba es la misma vaina, hacia abajo se está pudriendo. Olvídate de tu burbuja peripituca, broder. Mira, manya, sapea, computa, pa-la-dea. Latéate la *ville* con la mitra hacia abajo, checa las veredas, los portales, los callejones, las rendijas de aire tibio donde se mueren los miserables, mira y verás como todo está plagado de mendigos aquí, hay hasta familias enteras durmiendo en las *rues* y París ya parece Pueblo Joven, causa, como si estuviéramos en guerra conchasumare, anda, explora, métete por la boca mugrosa de los metros de las *banlieues*, date una vueltita por las galerías del subsuelo y dime qué ves, abre el radar, registra, no te paranoiquees si te asusta, porque asusta, causa, si te detienes a ver asusta como mierda, es una huevada horripilante y ya ni siquiera hay que ir muy lejos, hermanito, no, Châtelet nomás, por arriba rue de Rivoli,

Les Halles, rue Montorgueil, plata y lujo como cancha, conchasumare, despilfarro vil y obsceno, por debajo el manicomio eterno, harto loco, harto milico armado hasta los dientes, harto mendigo, conchasumare, mendigos por todos lados, echados, parados, durmiendo cubiertos con bolsas y láminas de cartón, borrachos, causa, borrachos hasta-su-culo, zampados todo el día, zombis en coma inducido para negar la horrible *realité*, de rodillas en los pasillos, en las escaleras con fotos de niños y el cartelito de *J'ai Faim* en el pecho, frente a la ola de gente que hormiguea y les pasa por encima, ¿no?, los *clochards* del siglo XXI, conchasumare, hasta la gente de mierda se toma *melfis* delante de ellos con sus teléfonos-robot, ¿no?, cagándose de risa como si fuera chiste, ¿qué chucha es eso?... ¿O tú crees que siempre fue así? Tas' hasta las huevas, hermanito. ¿Franceses? Ésos no son franceses —te dicen—, ni siquiera son de París, *Monsieur*; rumanos, gitanos, africanos, griegos, albaneses, tunecinos, sirios, pura mafia, mafias de pordioseros que controlan las calles y cobran el espacio para mendigar, piden plata, los conchudos, y tienen un celular más caro que el tuyo —te dicen—, van recorriendo los trenes con sus vasitos de plástico, cantando, sucios y alocados, se acostumbran, dales el *chômage*, y salen a seguir pidiendo —te dicen— enfurecidos, deprimidos, amargados, ¿y sabes qué es lo peor de todo, escribano de Barranco, sabes qué?... Que no es cierto. O sí, pero no del todo. Porque franceses pidiendo limosna en la calle ¡hay un huevo! Franco, causa. Pero ellos ven negro o marrón y eso ya no es francés pe, así es la nuez. Nacieron aquí pero no son. Son franceses bamba. Cholos como yo pero en otra frecuencia, ¿captas? No aceptan pe, nunca aceptan. Los franchutes niegan casi por deporte. Pregúntales por la Segunda Guerra y el Tercer Reich aquí mismito, y lo primero que dicen es *JeSaisPas* o *peut-être*, conchasumare, se ponen perifrikosos con el mito de la resistencia, la cagada, el enfermo de Pétain recibiendo a Hitler abierto de piernas, tiene hasta foto en la Torre Eiffel, el puta, sólo le faltaba plaquita conmemorativa... *JeSaisPas, JeSaisPas,* dicen, como si no lo supiera todo el mundo... Ta mare...

¿Por qué chucha no escribes sobre eso, dime? Lo haces tú o lo hago yo, mi broder. Que te he leído, ¿ah?, no te periconfundas. Pochito Tenebroso hizo patria cuando vio tu cacharro de boxeador en la prensa y le pidió a su viejita que chape su combi hasta la San Marcos para fotocopiarle tu *roman* enterita... Le has costado tres lucas cincuenta a mi santa madre y a mi pata Yulino Dávila la traída en avión, así que sirva la próxima rondita de *pintes* para disculparte y absolverte como manda el barba... Y cámbiame esa cara de perrito triste, por favor, que no estoy aquí para alabarte esa cojudez... Ya de arranque te odié por la huachafería esa de ponerle «Borges». ¿Qué chucha se computa este peripituco con cara de rufián? ¿Cabrera Infante? Ta mare... No está mal tampoco, no te peripaltees. Tas muy acostumbrado a que te revienten cohetes, causa. Ya te dije: aquí en París no eres ni la uña de Echenoz ni el pendejo canoso de Deville... y ya te explico quiénes son Echenoz y Deville cuando traigas la próxima chela que me estoy secando...

¿Unas francesitas? ¡Habla o calla para siempre, jugador!... Te digo: a las pendejas les encanta la pinga aborigen y militante. Antes el repertorio eran dos minutos del Che y diez de Salvador Allende y de frente, sin pensarlo, toditas al pan tolete. Ahora diles cumbia electrónica y ayahuasca y en media hora, causa, ¡qué digo en media hora!, veinte minutos nomás, veinte cochinos minutos de floro y, mínimo, un buen karaoke con pulseada y lamidita de bolas asegurado... ¡Qué rico, carajo!... Lo malo es que ahora todo es melfi. Un salud, melfi. Un chiste, melfi. Un pedo, melfi. Tas cachando, melfi... ¡Vayan a leer, carajo!

¿Para qué tanta foto? Así te tomes un millón de fotos te vas a morir igual, les digo. Tú y tus melfis. Así les digo pe, causa, me pongo perifilósofo. Y se paltean a veces, pero qué mierda, igual todo es feo...

«Borges», ta mare, lo peor de todo, lo más cagado, lo que más me llega a la punta del pincho es que tu novelita canalla está... *en algo*, y por eso, hermanito, solo por eso, Pochito Tenebroso está aquí sentado en tu mesa, que no es gratis, ojo, pregunta si quieres, te estoy regalando una nueva novela, causa, así que agradece y aprovecha que me agoto o me canso o me levanto en breve a la gordita peritetona esa de la mesa del costado que me está mirando con deseo antropológico... Tú te ríes pero esto es científico, huevón... Y está bien que te rías... Es más: ríete, conchatumadre, ¡pero escribe! Y nunca, escúchame bien esto, Chato, o como chucha te llames, *nunca jamás* vayas por la vida oliéndole los pedos a Vargas Llosa, ¿entendiste?... La literatura no es para zalameros, causa. Es lo que sobra allá. Para escribir hay que matar, ¿escuchaste? ¡MATAR! Si no entiendes eso que es sagrado, no pierdas tu tiempo aquí, hermanito, vuélvete a Lima mañana mismo porque no importa lo que hagas, no importa si escribes mil quinientas novelas o si eres el escritor del año en Miraflores, nunca, óyelo bien, huevonazo, *nunca* vas a llegar a ningún lado porque nunca vas a ser de verdad... ¡Tuércele el cuello a Zavalita o no escribas nada!

Es así de simple y pericotoso, causa, te lo dice el Pocho...

Lima
Invierno, 2000

No gritaba, cantaba sin ganas, con una mezcla súbita de estupor y abatimiento, torciendo la boca. Lo hacía mal, con una suerte de gorgoteo repugnante, impropio para su cara flaca y fachosa. El grito de los suyos le parecía falso, monótono. Vacío, pensaba, hueco como madera podrida para una joven estudiante que rechazaba los libretos y se sentía protegida por la teoría y el discurso. «¡Aquí! ¡Allá! ¡El miedo se acabó!», arengaban sus compañeros a todo pulmón, avanzando por la avenida 9 de Diciembre en dirección al estrado levantado en el Paseo de los Héroes Navales, justo al frente del Hotel Sheraton. En el fondo, lo que la avergonzaba profundamente era sentirse una voz más, una voz escrupulosa perdida en el concierto de esa masa uniforme de marchantes que, desde todos los rincones del Perú, en camiones, autobuses, carros, botes, lanchas, caravanas y caballos, había llegado a Lima a protestar contra el fraude electoral. Acaso por eso, para disimular su falta de compromiso, Cayetana Herencia prefería cantar cuando el clamor estentóreo demudaba en melodía popular, e incluso bailar, mover las caderas con pálida coquetería detrás de la primera fila de choque que, a paso marcial, bajo el retumbe de tambores y bombos, portando ataúdes y máscaras ampulosas de Alberto Fujimori y Vladimiro Montesinos, avanzaba febril y presurosa hacia el Paseo de la República portando una enorme banderola que rezaba: «¡ABAJO LA DICTADURA! NUEVAS ELECCIONES DEMOCRÁTICAS»

La revolución le interesaba soólo en las separatas de curso, cuando podía imaginarla, desmenuzarla, ponerla en entredicho. En la práctica le parecía prosaica. Le gustaba ese adjetivo para describir una revuelta ingenua y diletante que, estaba convencida, no conseguiría nunca derrocar al dictador. Por supuesto, no se lo hubiera dicho en voz alta a los compañeros o la habrían relevado de cualquier actividad hasta desterrarla. Peter Cisneros, el flaco fofo y barbado de la voz sollozante que se parapetaba tras el megáfono, la habría tratado de «pequeñoburguesa». Sandra Venturo, la pelirroja chiquita y enjuta de los pechos maternales, volvería a llamarla «cínica» y «conformista» pero esta vez en público. En un futuro no muy lejano, ambos, Peter y Sandra, ya en democracia, aceptarán puestos de confianza en Organizaciones No Gubernamentales financiadas por la empresa minera Yanacocha. Recordarán con indolencia a Cayetana. Se enviarán invitaciones en la red social. Vivirán dignamente negando todo lo que haya que negar.

Hoy, sin embargo, 27 de julio de 2000, día de la Vigilia Democrática en la segunda jornada de la Marcha de los Cuatro Suyos, Cayetana llegará a la concentración de la mano de Peter, aburrida de su falsa erudición, de su gravedad, de su falta de humor, de esa tosca impostura que le embargaba hasta el silencio, harta, molesta, decepcionada consigo misma por no saber muy bien cómo abandonarlo, mirando de lejos a Sandra con un deseo que irá creciendo y madurando contra su voluntad, aun cuando sabe que Sandra sólo puede ofrecerle esa hostilidad nerviosa que nace del miedo y la certeza de saberse menos.

El origen de esa displicencia, de ese desdén tan poderoso que la forzaba a menospreciarse, ni siquiera seguía la lógica del triángulo amoroso. Sandra era capaz de percibir en el temperamento de Peter las mismas fragilidades y artificios que lamentaba Cayetana. Tampoco se sentía atraída por él: ni su rostro rectangular, del que sobresalía esa nariz respingona que lo feminizaba, ni su cuerpo lechoso y flácido, indeciso entre la pubertad y la adolescencia, le producían algún apetito. Si algo la atraía de su compañero de clase, era la seductora convicción con que se mentía a sí mismo antes de mentirles a los demás: sus carencias como caudillo del movimiento estudiantil de la Universidad Católica las compensaba con una oratoria rebuscada y grandilocuente, llena de palabras y conceptos que entendía a medias o no entendía en absoluto, y una imagen cautelosa de joven sensible que combinaba al político en ciernes con el aspirante a poeta.

Solía, pues, ser hábil para seducir y convencer. Ante la orfandad de liderazgos, con la Federación de Estudiantes (FEPUC) copada por listas independientes y gobernada por grupos sin formación política —más preocupados por los campeonatos deportivos, la fiesta de cachimbos y el menú estudiantil–, no era, pues, ilógico que el efectismo verbal y la endeble retórica progresista de Peter prendiesen entre esa parte del alumnado que había sido empujada a comprometerse por los estragos del régimen dictatorial.

La desideologización de los centros federados había empezado a finales de los ochenta, con la ruptura nacional de la Izquierda Unida que fue extinguiendo los partidos políticos de la Católica hasta desaparecerlos. Fue recién hacia 1995, con la marcha contra la Ley de Amnistía a favor de los militares presos, y sobre todo en 1997, con la protesta por la destitución de los tres magistrados del Tribunal Constitucional que se opusieron a la segunda reelección de Fujimori, que el escenario apático de los primeros años se modificaría, consiguiendo la repolitización de una masa de estudiantes que volvería enfurecida a tomar las calles sin tener mucha idea de cómo hacerlo.

Ante esto, habría que señalar que los miedos y resquemores de Sandra, esa constante sensación de inseguridad que la afeaba interiormente, no habían nacido, como se esperaba, de una improbable decepción amorosa. Si algo le procuraba la pareja modelo de la rotonda de Letras, era una muda y casi victoriosa indiferencia que no tardaría en convertirse en lástima ante las evidencias de su lento desmoronamiento. Era ella —sólo ella— en su pecho doliente, acosado por la angustia, no había más fantasma que *ella:* Cayetana Herencia, la del pelo negro y pulido que refulge hasta en los días más opacos del invierno, la de los ojos grisáceos y redondos y esa mirada penetrante que desarma y embelesa, seduce, enamora rápido la cholita, tan bella, tan pituquita, Cayetana, dulce Cayetana, la del cuerpo espigado y la piel tersa, suave canela tostada, como si llevara sobre la cabeza un ángel pequeñito en forma de sol. Tan fachosa, tan rica, ¿cómo lo hace la cholita? ¿Cuál es su magia? ¿Cuál su secreto? No hay tal secreto, piensa Sandra, de lejos, la boca entumecida, la saliva que sabe a sangre, el agrio sabor pastoso entre los dientes. Desnuda frente al espejo, los ojos hundidos en esos pezones rojizos que tanto crecieron, tan grandes, tan rugosos, como una mancha alargada envolviendo sus pálidas tetas, y los toca y los junta y los aprieta para levantarlos y todos los pechos firmes del mundo remiten ahora a la otra, a la intrusa que la obsesiona, Cayetana, la cholita, la de los pezones breves y puntiagudos, la de las tetas duras como peritas mirando al cielo. ¿Cómo sería posar en ellos tu lengua, niña mía?, lamer hacia arriba y hacia abajo, lamer y tocarlas y juntarlas y apretarlas contra tu rostro y echarte a llorar, de pena, de rabia, de envidia, de deseo, ahora que te estás tocando, primero con el dedo que jala y palpa tímidamente como un ganchito que rasca, luego con la otra mano, la que tiene forma de lengua y se moja caliente cuando entra, cholita bella, qué es esa magia inescrutable que tanto me enloquece, por qué no puedo odiarte si descubres lo que a nadie muestro, el gemido lloroso, la respiración agitada, el temblor que persiste, la lenta y sosegada culpa. Tan bella la cholita, tan pituquita, ¡si supieran todo lo que costó! Mezclada le decían, bastardita le repetían con malicia. Herencia viene del padrastro, la madre es de Huánuco, el padre biológico nunca estuvo, desapareció. Blanquiñoso dijeron, se metía en el cuarto de la señora cuando era chibola, la trataba con cariño, la besaba en la boca, en menos de un mes ya estaba embarazada. Se lo dijo al padre lloroso, arrepentido, tartamudeando. ¿Así que te gustan las empleadas, hijo?, ¿es así? Tu madre y yo te hemos criado decente, honrada, cristianamente y tú no has tenido mejor idea que embarazar a la chola, qué interesante... Ok, hijo, entiendo... Ven, ven por favor, acércate un poquito que quiero contarte algo, le dijo, y luego, de un violento puñete cruzado, le rompió la nariz. ¡No llores, mierda! ¿Te gustan las cholas o no?, la madre ya se había encerrado en la habitación, las pepitas del rosario resbalaban entre sus dedos (si rezaba nada existía). ¡Responde, carajo! ¿No es eso lo que quieres? Yo te voy a dar a tu chola, mocoso imbécil, ¡no tienes ni puta idea de lo que soy capaz! Y así los encerró, ni bien el chico salió de la clínica los tuvo encarcelados arriba, en el cuarto de Hilaria. Iban a tener el hijo, se iban a casar, vivirían juntos, dime que no, atrévete a decirme que no, pedazo de animal, y en veinte minutos los largo a la calle. Hilaria Rojas no podía opinar, no tenía voz, no tenía voto, no existía. Absorta, transida de dolor y de impotencia, lloraba de espaldas al muchacho que la insultaba hasta fatigarse. Nunca como entonces aborreció su cuerpo y su desamparo, la alegría de la ciudad descubierta, llena de secretos y posibilidades, se transformó de golpe en abominación, en desprecio por Lima, por ser pobre en Lima y no poder hacer nada para defenderse. Lo que no fue capaz de distinguir en ese momento no tardaría mucho en manifestarse: soportó tres días, al cuarto, de dos cachetadas estrepitosas que pusieron a flote la cobardía del muchacho, consiguió que el padre abriera la puerta y se quedara inmóvil. ¿Qué cara de trastornada le habrá puesto al viejo para que la dejara en paz? Pidió dinero y lo obtuvo. Amenazó con denunciarlos a gritos, estaba como poseída por un frenesí que atemorizaba por su claridad y su fortaleza. Y así, mirándolos con asco, triunfante en la derrota, salió a paso lento y se marchó. Y así también tuvo a Cayetana, en casa de gente bondadosa que se convertiría en su familia adoptiva. No permitió nunca que alguno de los parientes del padre se acercase a la niña. Tampoco sintió nada cuando, diez años más tarde, se enteró de la muerte del muchacho, Cayetana, es tu padre, no, no es Richard, es tu papá, tu papá *verdadero*, falleció ayer en Estados Unidos, un accidente de coche, sólo quería que lo supieras. Y así pues lo supo, Sandra, ¿te imaginas? Así se enteró la hija de la empleada, cholita superada y bien puesta, cholita altiva. ¿Cómo habrá hecho esta cojudita para saber más que todos juntos?, tan aguda en clase, tan enterada, tan astuta, hasta las fechas se sabía la chancona, ya daba cólera. ¿Viste cómo la miraba el Ken?, se hacía el cojudo pero se le iban los ojos. Primero la escuchaba así como descomputado, ¿no?, y luego, en la pausa, ¡le miraba el poto! ¡Sí!, el Ken, el profe más churro, el modosito, yo lo he visto mirándole el culo, Sandra, y me quedé huevona, ya mucho ya, no te pases, ¿qué se habrá creído esta pendejita?

El Ken se llamaba Mateo Hoffman y del Ken de la Barbie tenía más el tipo que el glamour: el pelo rubio y escaso, la corta nariz de muñeco, los ojos azules, lacónicos, ensombrecidos por unas gafas gruesas que conseguían afearlo, los dientes lisos, ensuciados por el humo del tabaco, y las curvas finas de la boca talladas por una mezcla de tedio y cansancio. Era, si se quiere, un Ken melancólico, algo panzón. No había que observarlo mucho para saber que era guapo y que despreciaba enfáticamente su belleza. Aunque vivía medicándose (fluoxetina, una vez al día), no era del todo depresivo. Acompañado por su tristeza, sumido en esas lecturas desesperadas de autores fatales y suicidas, parecía sosegado y listo para curarse de cualquier aflicción.

A los catorce años —puerta del garaje mal cerrada, amor oculto que explota—, supo de improviso que Henry, su padre, el gigante barbón al que todos en el barrio de Reducto llamaban el Alemán, era homosexual. El impacto que le causó verlo besar al tío Rodolfo, su tío de cariño desde la infancia, no se manifestaría hasta muchos años más tarde, frente al diván de Aníbal, el terapeuta al que destinaba una parte importante de su sueldo como jefe de práctica.

Esa noche, en el consultorio de la avenida Salaverry, con dos frases de Aníbal que parecían inofensivas pero supieron desarmarlo, pudo por fin liberar esa imagen de la desdicha que llevaba años atascada entre el pecho y la frente, silenciada pero intacta, entera, monstruosamente nítida, Aníbal, mi padre lo besaba con pasión, con un amor que entonces sentí repugnante o así me pareció ese día, repulsivo, inmundo, terriblemente sucio... Lo besaba, lo besaba como yo nunca lo había visto besar a mi madre, Aníbal, y me horrorizó no entender por qué, me horrorizó sentirme traicionado y despreciarlo, odiarlo por años sin comprender su sufrimiento ni su vergüenza ni ese miedo de que mi hermano y yo supiéramos lo que mi madre supo muy pronto y prefirió negar. Y entonces se quebró (Mateo se quebró). El dique de contención ya estaba hecho trizas y era imposible contener el llanto. No podía dejar de llorar, se tapaba la cara anegada con las manos, Aníbal, discúlpame, no sé qué mierda me pasa. Sus padres seguirían unidos hasta el día del ataque fulminante de Henry. De su tío Rodolfo no supo mucho. No había vuelto a casa. No se hablaba de él. Su madre, Rafaela, nunca volvió a nombrarlo. Ni siquiera lo saludó la tarde del velorio de su marido. Mateo, sin embargo, aunque estaba seguro de que su padre y su tío nunca dejaron de verse, no le guardaba ningún rencor. Ese hombre bajito y regordete, de piel oscura y sonrisa contagiosa, al que cualquiera podía distinguir a la distancia por sus bigotes de brocha y su infaltable boina roja, a pesar de todo, siempre le había parecido una persona amable y justa.

Fue el tío Rodolfo el primero que le habló de la tiranía de las castas oligárquicas y de la responsabilidad social de las clases subalternas. Le dijo: Mateito, ven aquí, déjame contarte un cuento real. Le dijo: el autor fue un mártir italiano llamado Antonio Gramsci, un hombre sabio, nunca te olvides de ese nombre. Y aunque luego supo quién era Gramsci y que ése era un relato apócrifo, Mateo nunca se olvidó de la historia que le contó su tío Rodolfo cuando apenas tenía ocho años.

El cuento real era una fábula donde había hormigas rojas y un enorme elefante negro que las aplastaba si no trabajaban para él. Era un elefante muy malo y muy egoísta, sobrino. Estaba gordo porque no quería compartir la comida que las hormigas reunían para él. ¿Pero sabes lo que pasó? Un día las hormigas se organizaron en secreto para treparsele en mancha, sobrino, el elefante chancaba como podía, mataba a diestra y siniestra con sus patas gordas, pero aunque era fuerte, aunque era terco y estaba medio loco, en un momento se dio cuenta de que iba a ser imposible acabar con todas; primero moriré de cansancio, pensó el elefante, así que decidió huir. Desesperado por las picaduras, intentó internarse en el bosque, irse lejos, buscar un río que lo ayudase a ahogar a las hormigas que lo estaban devorando, pero ya no pudo: tenía capas de hormigas adheridas a su piel. Cuando se sacudía una capa, debajo había otra mucho más fuerte, mucho más resistente, mucho más convencida de su lucha, de su posible victoria, ¿me entiendes? La picazón llegó a ser tan infernal, tan intensa que el elefante negro cedió y, agónico, cayó de lado, asfixiado por el escozor que ya quemaba y por el sonido triunfante de las hormigas rojas que cantaban «La Internacional», un himno bellísimo, sobrino, la canción más triste y conmovedora del mundo. Las hormigas la cantaban mientras se lo iban comiendo, la cantaban mientras lloraban de alegría sobre el elefante muerto.

Entonces llegó Cayetana. Era verdad: Mateo la miraba, más por su agudeza que por su atractivo físico. Y ella lo sabía. Aunque intentara no hacerlo, Cayetana podía percibir su interés y se sentía ilusionada por esa atención que deseaba corresponder sin saber bien por qué. Es muy probable que fuera la actividad política, esa seducción cautelosa generada por las historias y las leyendas de su militancia universitaria, lo que uniría brevemente los destinos de Mateo y de su alumna Cayetana. La fama del Ken como uno de los hombres más enigmáticos del Partido Unificado Mariateguista (PUM), su lucha estratégica por forjar un gobierno de izquierdas en la Federación Estudiantil, siguiendo una tradición que hacía treinta años había inaugurado un joven Javier Diez Canseco, no había sido del todo confirmada. Su pertenencia a un partido tan pequeño, selectivo y hermético como el PUM, al que sólo se podía ingresar con invitación y luego de un proceso largo y tedioso, la había corroborado alguna vez Gerardo

Meza, el profesor de Ciencias Políticas del que era jefe de prácticas y a quien Hoffman tenía por amigo y mentor. En realidad, eso era todo lo que había. Aquello que se oía en los pasillos, con una contundencia temerosa que terminaba convirtiendo a Mateo en un caudillo incomprendido, no era más que cotilleo e hipérbole.

¿Y de dónde venía esa necesidad de fantasear con el pasado de Mateo Hoffman, el jefe de práctica más misterioso y apocado de toda la facultad? Nunca estuvo claro. Había admiración y había curiosidad y había, también, deseo: más por el hombre imaginado que por el muchacho meditabundo que siempre llevaba en la mochila una novela de Onetti y se vestía como un adolescente. Y es que, muy a pesar suyo, Mateo se había convertido en un personaje tan popular entre el alumnado de Letras que hasta solía aparecer dibujado en las paredes de los baños y en las caricaturas de los periódicos murales. De hecho, el dibujo más legendario —obra de Lalito Espejo, un estudiante de Bellas Artes que iba a su clase de oyente sólo para mirarlo— era un retrato erótico.

El famoso *Ken Porno* consistía en un desnudo que deleitaba por su armonía y por la precisión de sus trazos. Nadie sabía cómo había podido aparecer de la noche a la mañana en el baño de mujeres del primer piso de la Facultad de Sociales. Había sido pintado con tinta y, aunque llevaba su apodo por título, era fácil reconocer en el modelo el rostro embellecido de Hoffman. Sin lentes, sentado en una silla, abriendo las piernas ligeramente y mostrando sin pudor una verga gruesa y alargada que caía dormida sobre su pierna derecha, el Ken aparecía mirando con una expresión que tenía algo de desenfado pero que denotaba, al mismo tiempo, incomodidad y sufrimiento. La obra sobreviviría apenas un día y tuvo el raro privilegio de ser comentada por estudiantes y profesores que buscaban saber la identidad secreta del pintor anónimo y también, en privado, entre risas cómplices y chistes subidos de tono, preguntaban si era cierto eso de que «el gringo triste que trabaja con Meza» era, de verdad, «pichulón».

Lalito Espejo decía que sí pero todos sabían que mentía. Su dibujo convencía, deleitaba y había sido elogiado por esa representación figurativa de Hoffman que lo idealizaba físicamente potenciando su carnalidad y sugiriendo, al mismo tiempo, un estado anímico turbio cuya sexualidad desbordada tenía mucho de lascivo y siniestro. El *Ken Porno* de Lalito era atractivo aunque diera miedo y tristeza. No faltó el chacotero culto que nombrase a Lalito Espejo el «Lucien Freud de Puente Piedra». Verdad o embuste, lo cierto es que la fama irracional de Mateo como hombre superdotado ya no pudo ser contenida. «Calladito pero malogrado el chula-con-pecas» decían las alumnas más graciosas y atrevidas, y todos se cagaban de risa. Cayetana también se reía aunque su interés no naciera del físico del aludido sino del mito que lo había transformado en un líder enigmático y cauteloso. Sin sospecharlo, el curso de la atracción fue adquiriendo un talante edípico que invocaba a Richard Herencia, su padre adoptivo, un hombre generoso a quien Cayetana admiraba por su lucha como líder sindical, y odiaba por ese solitario alcoholismo que, a la postre, lo llevaría a la muerte.

Es probable que nada de lo ocurrido entre Mateo y Cayetana fuera azaroso.

Bastaría aventurar la posible genealogía ideológica y el desengaño mutuo que desdibujó la heroicidad y diezmó la admiración de Cayetana por Richard y de Mateo por Rodolfo. El padrastro y el tío putativo habían sido figuras ejemplares, arquetipos paternos de apoyo que se estropearon muy pronto sin tener otra culpa que la de aceptar la vida y su humana oscuridad. ¿Es justo intuir que esta conjunción amorosa ya estaba predestinada? ¿Que la coincidencia física de dos desconocidos unidos desde la infancia por la revelación y la decadencia era motivo suficiente para presagiar un romance? Difícil saberlo. Ninguno de los dos lo pensó de esa forma en todo caso, cuando el lento proceso del cortejo —iniciado a mediados de 1999— se formalizó con la primera pregunta de Cayetana y el primer café.

—¿Quién dio el primer paso? —preguntó Aníbal.

«Sospecho que ella, aunque es verdad que ya era imposible disfrazar la impudicia de mi mirada y pretender que no se diera cuenta. Me sentía dominado, Aníbal, y era hasta grotesco concederle tanto poder a una estudiante que parecía poder someterme sin ninguna premeditación. Como sea, yo no iba a acercarme; por más que me comiera la cabeza por saber un poco más de ella, lo tenía decidido. Mi esperanza era la manida y vulgar esperanza del catedrático que fantasea con las alumnas. Una charla decente. Dos o tres bromas inteligentes para generar un poco de confianza. El énfasis falsamente humilde en los años y la experiencia. La autoridad amistosa. Sin embargo, el cálculo fue malo, Aníbal, por lo menos al inicio. Por más que me esforzaba en el dictado, su entusiasmo no pasaba de breves comentarios que a veces me tomaban desprevenido y me forzaban a improvisar. Ya había tirado la toalla, Aníbal. Qué mierda, recuerdo que pensé, qué mierda si igual no va a pasar nada y así es mejor, me convencía para no loquearme. Y funcionaba, creo, porque de un momento a otro dejé de prestarle atención. No lo hice adrede, si eso es lo que piensas; realmente me había empezado a llegar al huevo la situación, ¿me entiendes? Y supongo que fue algo tan ordinario como su ego adolescente sintiéndose herido. No lo tengo claro. Tampoco creo que importe. La cosa es que, cinco minutos después de finalizada la clase, ahí estaba: mirándome fijo, retándome con su cuaderno bajo los brazos cruzados cubriéndole el pecho. Ese día yo había discutido en clase la caracterización del "aura" en el pensamiento de Walter Benjamin. Es el artículo de Adorno y Horkheimer, Aníbal, imagino que lo conoces. Ese precioso texto de rutina que suele aburrir a los estudiantes hasta frustrarlos hizo que Cayetana Herencia se pusiera delante y, sin quitarme la mirada, me exigiera precisiones. Ésa fue la palabra que usó. Dijo "precisiones" con voz de mando, como si su consulta trajera implícita una crítica y necesitara comunicármela en persona. Lo peor de todo es que más que molestarme, más que darme armas para olvidarme de toda esa insensatez del lío con la chibola, aquello me hizo desearla más..., ¡mucho más! Desearla y despreciarme, Aníbal, casi al mismo tiempo.»

—¿Quién dio el primer paso? —preguntó la Chequita.

«Fui yo, Chequita, fui yo. Eso no prueba nada, salvo quizás ese interés que nunca entendí del todo y tampoco negué. Mejor llamémoslo Ken. No es su nombre verdadero, cariño, no, pero de repente es mejor omitirlo. No te molestes, por favor; sabes bien que confío en ti más que en nadie, pero créeme, es mejor así. Imagínate que un día se sepa. Imagínate que mi mamá venga de la nada y te pregunte y tengas que mentirle por mí. Si mamá te bota por mi culpa, yo me iría contigo, bella, a donde quieras. Nos vamos a Tumbes y abrimos una cebichería allá en tu tierra. Tú cocinas, yo bailo y encanto. No te rías pues, Chequita, con lo rico que cocinas nos va a ir buenazo... ¿Que cómo es él, dices? ¿Quién...? ¡El Ken! Qué pendeja eres, Chequita, pones cara de tortuga alegre sólo para que te siga contando, ¡me encanta! Ya pues, te cuento, voy a ser tu telenovela real. A ver... Físicamente el Ken es rubio como el príncipe de *Pocahontas* pero así en versión chancada, ¿no? Alto. Ojos azules. Flaco y panzón. Bonito de cara, eso sí, churro, churrísimo, por más que se note su voluntad de afearse solo. Se viste como estudiante, el huevón, con la mochila y los audífonos y la barba crecida. Imagínatelo, Chequita, imagínate al Ken de la Barbie pero en Lima tomando combi, pidiendo el menú universitario en la cafetería, leyendo libros gordos en los jardines del Parque Salazar. Imagínatelo, Chequita, así, culto y lindo, y dime si no te morirías por él. ¿Ah? ¿Ves que sí? No respondes pero te ríes, bandida, y te ríes porque te encantaría, Chequita, yo sé que sí. Y es normal, pues. Hay que ser cojuda para no emocionarse. Cojuda un poco así como yo, ¿no? Pero igual, ya sabes, con todo y mi cojudez, algo pasó. Pasó y se fue, Chequita, así rapidito. Si me hubiera pasado después, no sé, quizás en unos años, ¿quién sabe...? A lo mejor me habría dolido un poco más. A lo mejor me habría arrepentido de todo lo que hice después.»

El primer beso se lo dieron en El Sky, una chingana bastante popular entre los estudiantes de San Marcos que funcionaba desde el año 81 en la avenida Universitaria. Hoffman la había frecuentado casi desde el inicio, cuando era un segundo piso a medio construir con columnas de fierro y un techo cubierto de esteras. En esa época, Mateo solía caminar las pocas cuadras que separan a la Católica de San Marcos para reunirse con los compañeros de los movimientos de izquierda de la Ciudad Universitaria. Tenía pocos amigos y muchos conocidos y se cuidaba de no mezclarse con los que ya se habían radicalizado. No era difícil saber quién era quién, era casi una cuestión semántica: el senderismo capturaba el pensamiento y estandarizaba el lenguaje, bastaba con oír dos o tres palabras para sacar de dónde eras y qué buscabas. Su modus operandi consistía en captar estudiantes infiltrando ambas universidades, pero era mucho más común en San Marcos que en la Católica, donde no tenía una presencia real. Nunca pudo, por ejemplo, penetrar la FEPUC. Sus acciones abiertas se reducían a unas pocas pintas que los empleados de la universidad desaparecían en diez minutos. Era apenas un espectro, un rumor ominoso que se hacía corpóreo a través de infiltrados invisibles y de alumnos sorprendidos que habían oído de su existencia y hablaban de Sendero Luminoso como se habla de los fantasmas. La labor de los topos senderistas consistía en persuadir a estudiantes: era un lento proceso de adiestramiento y captación de militantes que, arrancados del perímetro universitario, pudieran terminar enrolados para las acciones subversivas en Lima. Enrolarse era, en pocas palabras, estar dispuesto a morir. Eso se sabía, lo sabían todos los que tenían alguna participación política. «Fulano ya se fue, a fulana ya se la llevaron», se oían de pronto los rumores, y eso era suficiente para entender que Sendero, como un río impetuoso que se desborda, ya los había arrastrado en su oscuro cauce. Así había sido con Jaime, pensaba Mateo, siempre con la misma tristeza. Su amigo se le aparecía de manera recurrente en el sueño y en la vigilia; y aunque Mateo era profundamente ateo, no podía dejar de atormentarse ante la idea de que algo como el alma o la esencia de su cuerpo, muerto y desaparecido, no descansaba en paz.

No pensaba en Jaime Velásquez, sin embargo, la tarde que decidió invitar a Cayetana al Sky. La idea le pareció legítima y hasta coherente con su interpretación de las necesidades vivenciales y políticas de su alumna. Ni siquiera se le ocurrió que, al pensar por ella, la estuviera subestimando. Sin conocer aún su historia personal, Mateo supo leer de manera correcta el Edipo que había propiciado su acercamiento, pero perdió la perspectiva frente a sus propios vacíos y dramas. Si Cayetana buscaba, sin saberlo, reemplazar al padre ausente, Mateo era incapaz de comprender que, aceptando encarnarlo, debilitaba su función de amante y de pareja. Llevarla al Sky, por otra parte, no era otra cosa que una invitación a explorar ese pasado trágico que volvía a Mateo tan vulnerable como ella. ¿Por qué habría de interesarle a Cayetana su desamparo? No lo hacía. Ni siquiera le producía afinidad o ternura porque terminaba destrozando la idea de tenerlo como soporte y cobijo. Igual aceptó. Igual se subieron juntos a un taxi y reprimió su sorpresa al comprobar que El Sky era una vivienda de dos pisos presidida por una tienda de abarrotes que se convertía en cantina en la segunda planta.

Subieron. Mateo iba por delante, en silencio. Lo primero que vio Cayetana al alzar la vista fue el póster de una cerveza con el culo turgente de una mujer en bikini. «¡Llegó la titular!», decía el afiche que la mostraba sonriendo de perfil, apoyada en una enorme botella que sudaba de frío y con una pelota de fútbol bajo el pie derecho. Salvo un letrero rojo («SKY ROOM, LA ATENCIÓN ES HASTA LAS ONCE») y una pizarra negra con la lista de precios, el de la calata era el único cartel del local. Para ser las cuatro de la tarde de un viernes de fin de mes, con apenas cuatro mesas rodeadas por jóvenes que fumaban y bebían cerveza mientras platicaban con un decoro que se iría perdiendo de a poco, el Sky lucía vacío y apacible. La radio estaba prendida a bajo volumen, sonaba una popular salsa de Frankie Ruiz que los clientes acompañaban alzando los talones al ritmo de la canción y tamborileando en la mesa. *Quiero llenarte / llenarte toooda / que nada entre los dos te dé vergüenza / que puedas navegar sobre mi cuerpooo...*, se escuchaba todavía en el ambiente de la sala cuando un Mateo cabizbajo, dudando con el cuerpo entre la turbación y el arrepentimiento, sin poder ya ocultar ese gesto confuso de su rostro que lo aniñaba hasta deformar su autoridad, con el índice alzado sin convicción, o con la convicción vergonzante de alguien que no está seguro de lo que hace y siente miedo, señaló una mesa en una esquina algo apartada, junto al largo ventanal enrejado y rectangular desde el cual podía sentirse el frío de la calle.

Luis Mateo Hoffman Ramírez –pensó–, recuérdalo bien: no importa todo lo que hayas estudiado y leído en tu vida, eres un retrasado mental. Recuérdalo hoy, más tarde, cuando vuelvas a la casa de tu vieja más solo que una rata y entres al baño, desesperado, a correrte la paja: hoy y todos los días de tu vida eres y serás un pobre y triste huevón. Es increíble lo inmensamente cojudo que puedes llegar a ser. Está asustada, ¿la ves? Asustada. Indignada. Incómoda. Molesta... ¡No puede ni mirarte! Sólo a un parapléjico mental como tú se le puede ocurrir traerla a esta covacha para que te haga caso. Bestia. Tarugo. Infeliz. Ya la cagaste. Una vez más. Vives cagándola, Mateo, no tienes remedio. En el Carmelitas, con las flacas, ¿te acuerdas? La misma huevada, carajo. Te daban bola, te sacaban a bailar, te invitaban a salir, ¿y tú qué hacías? Te volvías el campeón de la extrañeza. El loquito. El extravagante. El churro raro. (No te olvides de decirle eso a Aníbal el próximo jueves.) Ahora piensa, Mateo, piensa un poco. ¿Qué vas a hacer? ¿Cómo vas a arreglar esta cagada? Ya están aquí. Ya no hay vuelta atrás. Si Cayetana aceptó, es por algo. Tranquilo. No seas tan duro contigo mismo. Te estás saboteando. Mírala tú. Ahora mismo. Canchero. Conchudo. Sin roche. Dile todo lo que quiere escuchar. Y pídele al tío una cerveza pero, por favor, no seas tan cojudo de preguntarle a ella si quiere...

–¿Te apetece una cerveza, Cayetana? Imagino que tomas...

–¿Me quiere emborrachar, profesor?

–Sí.

Le gustó su respuesta. Se sintió más cómoda. Sonrió. El vahído que había sentido al subir se disipó pronto, al sentarse. El lugar le parecía ligeramente asqueroso y eso la entristecía. No podía evitarlo. La vulgaridad de ciertas cantinas hacía explotar en su cabeza el recuerdo de Richard, su padre. Él se lo había explicado tantas veces, Cayetita, las luchas, los problemas más importantes de la organización, la política del partido, nuestro futuro, hija, todo eso se dirime en las tabernas, tomando, sí, un poco, a veces mucho, tu madre no lo aprueba ni lo entiende y tiene mucha razón, pero no te preocupes, no es un problema para mí, yo hablaré con ella. Y habló, sí, como lo había prometido, Richard habló con Hilaria y todo pareció mejorar, Cayetita, pero pronto, demasiado pronto para su orgullo, aquello por lo que había luchado durante toda su vida, de un día para otro, se esfumó. Gracias a la revisión de la Constitución del 79 –impuesta por el régimen fujimorista un año después del autogolpe–, muchas de las conquistas del movimiento sindical peruano a lo largo de un siglo de luchas se hicieron humo. Una pesadilla que cercenó los derechos de los trabajadores y, ante la privatización acelerada de las empresas públicas, generó una ola de despidos colectivos que se ensañó particularmente con los dirigentes sindicales. Richard Herencia perdió su trabajo. Lo obligaron a renunciar. No pudieron defenderlo. La huelga estaba casi prohibida. Los compañeros sintieron miedo. Una caza de dirigentes desalentó las movilizaciones. Se trajeron abajo su sindicato. Y el que no era problema volvió, Cayetita, convertido en un monstruo depresivo y agonista que se abandonó hasta morir. Tanta tristeza. Tantos recuerdos que ahora volvían en tromba en este antro de mala muerte. No entendía qué hacía ahí y, al mismo tiempo, tampoco quería irse. Cuando, luego de pedir la cerveza, Mateo alzó el rostro y la miró sin turbarse, Cayetana tuvo la poderosa sensación de que, con él, ahí o en cualquier lado, hubiera recordado a su padre igual.

–Mira, Cayetana, para comprender mejor el texto de

Aníbal Ford del que hablamos en clase, espera..., aquí te traje una copia por si acaso; es mi copia personal, subrayada y con algunas anotaciones..., bueno, te decía que ya desde el principio Ford señala lo imposible que es discutir la sociocultura, la política, la justicia social o la democracia dejando de lado las comunicaciones...

«Ya vi ya: por lo menos tiene para media hora. Se nota que siempre fue chanconcito y un poco torpe, por lo menos para estas cosas. Está más nervioso que yo. Se le nota. Habla para evitar cualquier malentendido. Si lo escucho por cortesía y luego me voy, no hará nada por detenerme. Pero no me iré...»

—... más que las nuevas tecnologías, a Ford le interesan los problemas culturales que ellas generan. Es, pues, un escéptico. Duda que las nuevas tecnologías puedan resolver los problemas del mundo... De hecho, cuestiona la asimetría entre la sofisticada información acerca de los individuos que tienen las concentraciones de poder y la información de la ciudadanía, que, con todo y la tecnología, se ha vuelto mucho más caótica y turbulenta...

«De repente lo tiene todo controlado y se está haciendo el loco... Qué risa eso de oírlo hablar de tecnología y sistemas de control al ritmo de una salsa sensual. Se lo voy a contar a la Chequita hoy por la noche. Le diré: Chequita, el profe me quiso conquistar en una chingana escuchando Radiomar Plus. Se va a matar de risa. Pero... ¿y si en realidad no es así? ¿Si sólo son fantasías mías? Puta madre, ya me entró la paranoia, la duda maligna. Piensa, Cayetana: ¿qué vas a hacer? Si no eres tú, no será nadie... ¡Qué pavo es este huevón, carajo! Creo que, en el fondo, es lo que más me gusta de él...»

—...¿te diste cuenta? Cuando Ford habla de la «sociedad de la vigilancia» está aludiendo a las nuevas formas de control de la ciudadanía. Es un poco como la utopía del panóptico de Bentham de la que hablamos en clase, ¿te acuerdas? Está en el texto de Foucault que discutimos la última vez... Una especie de panóptico pero sin la intervención directa del hombre. Una forma de someter a la ciudadanía poniendo en crisis sus derechos fundamentales y banalizando los problemas sociales sin que se dé cuenta... «¿Y si le hago una pregunta haciéndome la que no entiendo? ¡Me lo está explicando desde el inicio! El muy cojudón. Imagino que sabe que lo de Ford ya lo leí. Y *Vigilar y castigar* también, ¡dos veces! Seguro se piensa que él nos descubrió a Foucault, qué pelotudito es... Uy, espera..., ¡yo conozco esa salsa! A la Chequita le encanta, es de un tal Jerry no-sé-qué. Con el perdón de mi Chequita, lo que deberían «vigilar y castigar» hasta prohibirla para siempre es la salsa sensual. Si no fuera por Richard, yo no habría conocido nunca a la Fania, a la Sonora, a Lavoe, ¡a Piper Pimienta!... Mi papi también me enseñó a bailarla... Bueno, basta, basta ya, Cayetana, deja de pensar en eso o te vas a poner a llorar... Hazlo ahora. Sin pensarlo. ¡Lánzate!... Pucha... ¿Por qué mierda me trajo a este sitio?»

–... se trata de la política económica neoliberal que lo ha transformado todo, Cayetana, la familia, las ciudades, la vida cotidiana, las estructuras de trabajo y, desde luego, los sistemas de información. Muy por el contrario de lo que se piensa, en esa suerte de endiosamiento de la filosofía del mercado y de la globalización, estos adelantos tecnológicos no han reducido las brechas entre riqueza y pobreza de la sociedad contemporánea, y la información global ha puesto en crisis una serie de dispositivos de laaa...

Lo silenció. Rápidamente. Apretando el dedo índice contra su boca mientras soplaba el viento con los dientes cerrados. Lo acalló como se acalla a un niño nervioso que no puede dejar de hablar, con ternura pero también con sensualidad, invirtiendo las reglas del cortejo y poniendo en evidencia una indefensión que pronto se convertiría en sometimiento. Por casi cinco segundos le sostuvo la mirada como imaginaba lo hacían las mujeres fatales en las películas de detectives que había visto en la tele. Estaba impostando, desde luego, pero pronto se dio cuenta de que podía permitírselo con una naturalidad peligrosa y sin el menor resquemor.

El profesor Mateo Hoffman ya estaba anulado cuando su alumna Cayetana Herencia, casi de pie, tomándolo suavemente de la nuca, lo aproximó hacia ella para besarlo.

—Me gustas mucho, Mateo —le dijo, coqueta y victoriosa, apenas se despegaron sus labios.

Mirándolo en picado, como una cámara que recula lentamente hacia arriba, se sintió embargada por una sensación de fortaleza que se intensificó al observar el gesto arrobado y el mudo desconcierto de un Mateo indefenso, débil, fugaz como una caricatura imperfecta que se desdibuja, pálido y endeble como un hombre desarmado que aguarda clemencia y, ya sin poder evitarlo, comienza a estropearse, a perderse, a volverse invisible para su joven y altivo corazón.

París
Verano, 2015

Hermanito, ¿qué hora es? Habla ahora o calla para siempre, Chato, que en breve tengo un concierto perimofostro. Es una banda de pelucones satánicos que odian a Dios. Ni puta idea de cómo se llama. Me invitó una francesita perirucona que conocí en el metro Tolbiac. Es cierto que la loca esa tiene un cacharro medio maltratado y caballuno, pero si le vieras las bubis papayescas que se maneja, causa, ni te imaginas, ta mare, ¡qué abuso!, y eso que es flaca la maldita: flaca-flaquita-huesuda tipo hippie sin poto, conchasumare, pero las tetas descomunales que carga esta pendeja, broder, *Oh là là!*, son rosadas y rebosantes como las de una monja vieja... ¡Qué rico, carajo! Ya me puse fierro...

¿Nos tomamos un melfi?

Es chiste, huevón, ¿qué tienes? ¡Vade retro con esa maldad! Tampoco exageres, Chato, tranquilo. Has reaccionado como un señoritingo estreñido, causa, maleas mal; no quisiera ofenderlo, *Monsieur l'écrivain,* pero se me hace, sin vainas, que usted es medio rosquetóvich y la verga *vous plaît...* Tampoco es pa'que te molestes, carajo, ni que fuera pecado ser *pédé...*, ¡y aquí en París! Ta-que-aquí loco, aquí sólo falta que lo pongas en tu currículum y te asciendan, conchasumare, ya no hay respeto. Mejor no hablemos de eso porque tú te periloqueas, broder, te falta harta paciencia, harta correa, ríete un poco, carajo, pareces autista, no sé ni cómo chucha escribes lo que escribes, para mí que haces trampa... Pero ya, bueno, pues, tampoco te ases que la sed arrecia y descontrola y yo me pongo perifaltoso cuando estoy seco. ¿A quién le toca esta rondita de ricas *pintes?* ¡¿A mí?! Ya... Ahorita no tengo, causa, pero no importa porque te la debo y la próxima te la repongo al doble, ¿qué tal? No pongas cara de culifruncido que el Pochito no entra en huevadas: dame una semana, hermano, una semanita nomás, que me sale un chambón y el próximo sábado yo mismo vengo a tocarte la puerta y nos vamos de putas con todo y falsos, ¿qué dices? ¿Ah? Es eso o me largo y no te cuento lo que quieres que te cuente, tú decides. Parece chantaje pero no hay tal cosa, broder, esto lo hago por tu bien, si quieres saber algo de esa germita famosa que buscas es porque estás tocando la puerta de la perdición... *Oh, putain de merde! T'es con ou quoi...?* ¡Reacciona, causa! Ése es un bisnes recontra peripendejo, Chato, los informantes del Pocho ya le datearon que la perucha esa vino a París huyendo... ¿De qué? No sé, o sí sé pero hasta ahí nomás llego con el informe, tampoco te malacostumbres que un vaso vacío en la mesa del Pochito es afrenta seria y es mejor agradecer el gesto y la voluntad de colaborarte, causa, no seas ñeque ni te hagas de rogar y dile de una vez al buen Günter que se traiga otra rondita sagrada para aliviar la penas... Ta mare, ya parezco vals criollo, ¡y todo esto es tu culpa! Si no fuera porque todavía te tengo fe literaria, carajo, ya me habría ido con la tetona hippie a rocanrolear...

Günter, hermano: ¡Cuatro, dijo el Jaguar...!

¿Qué? Ah, sí..., ya sé que no entendió, no seas huevas. Günter es alemán y no habla español ni ha leído a Varguitas, ya se lo pregunté, la primera vez que vine al Sully le

hice el test literario y aprobó con mención. «Sólo a Rulfo y a Onetti», me dijo con pena, y casi me lo chapo, conchasumare, hazle el test a un perucho y te preguntará si Juan Rulfo canta reguetón o juega en Alianza Lima. Ta mare, son bestias, que venga ya la chela pericotosa que me deprimo, mi broder, si por mí fuera les metería su reguetón por el poto y luego les sellaría la ranurita del ano con silicona hasta que exploten... Es chiste, oe carajo, te achoras por las huevas... *Merci, Gunter, c'est mon ami qui paie... Oui, oui, mon chef...*
¡Salúuuuuuu pes, Chato! ¡Salúuu, *écrivain* de San Isidro City! Que la tierra te sea leve si te vuelves famoso y te acojudas como predice el Pocho... *Oh putain!* Ahora sí, causa, ahora sí, como decía el rosquete de He-Man: ¡YA TENGO EL PODER!... ¿Cómo dices? No importa, me da igual que no hayas dicho nada, huevoncito, yo te vi, te acabo de leer, el silencio, la mirada, la boquita fruncida, la cara de autogol, hermano, no te perihuevees, te estoy juzgando mentalmente. No estoy borracho, ignorante, para emborrachar al Pochito hay que cerrar el Sully y pedirle un mano-a-mano a Günter el furioso, Chato, ni te gastes, no estás a la altura de mis expectativas alcohólicas, mejor recuerda: «El todo es mayor que la suma de las partes», ¿quién dijo eso?, no sé, no me acuerdo, es gestaltismo, creo, mejor pregúntale al buen Günter, que lee mentes y nunca se equivoca, parece escáner psíquico el gringo pendejo, ta mare, si quieres saber por qué todos los peruchos me conocen aquí en París o cómo se forjó la leyenda viva del Pochito Tenebroso, pregunta nomás con confianza. Mira, por ejemplo, pa'que te des una idea: aunque yo llegué aquí en 1991, ahora mismo, sin exagerar, me parece que soy más popular y querido que el mismísimo Elqui Burgos, alias el santo. Y no es moco de pavo, ¿ah?, un tipazo mi tío Elqui, carajo, un poeta de la conchadesuma-

dre, un hombre bondadoso que me ayudó en todo sin pedir vuelto... ¡Y a mí qué chucha si también lo conoces, huevonazo, ése no es el punto! El punto es éste: el que no sabe de Elqui o del Pochito aquí en París, simplemente no existe, ¡y no hay más...! Ta mare, chibolo, pareces nuevo, mejor ya no brindes conmigo que me viene una gana ubérrima de meterte un pollo en el ojo, con el perdón de Vallejito por alterarle el verso... Ay mi broder, ay mi causita, si supieras. El Pocho los manya a todos y todos lo manyan a él. Habla si quieres con Elqui o con cualquiera de los escritores que llegaron en los setenta y tomaron la buhardilla de Georges Mandel, pregúntales por el Pocho y verás cuánto lo quieren y lo respetan de ley, y lo envidiarían también, carajo, si no fuera porque Pochito aún no publica. Yo soy como el Pepín Bello de las letras peruchas, compadre, pero espérate nomás a que salga mi novela de las tinieblas y se acabe el mundo, Chato, voy a tener que hacer una subasta para elegir al presentador, no quiero que se resientan mis tíos pericultosos, ¡ya ni siquiera sé cuáles siguen vivos!, ta mare, decían que el primero en llegar al 33 de la avenue Mandel fue el boxeador peruano Dante Peláez... Ya-sé-ya, mequetrefe, no tienes idea de quién fue Peláez, dejaré que tu juventud dispense tu ampulosa ignorancia.

A ver: Peláez fue campeón de pesos medianos a finales de los cincuenta, llegó a Francia y tuvo el apoyo del actor francés Alain Delon. No te estoy hueveando, carajo, así fue, Delon promocionaba eventos de boxeo y era amigo del argentino Carlos Monzón, no sé cómo chucha ayudó a Peláez a conseguir una *chambre de bonne* en el 16, pero ahí estuvo, en un barrio de pitucos parisinos que no tenían ni puta idea de que pronto les llegaba la plaga: una turba chola de escritores revolucionarios y *sans-abri* que fue creciendo con furia y transformando los cuartitos del séptimo piso de su edificio burgués en algo así como un centro cultural chicha, un refugio para poetas inmigrantes, misios y hambrientos, conchasumare, mis tíos eran la cagada. Peláez se fue y la conexión peruana hizo que ese cuarto terminara en las manos generosas del poeta charapa José Carlos Rodríguez Nájar —como seguro *no* sabes, ignaro, uno de los fundadores de Hora Zero–, mi tío, el buen JC, le metió un pase en primera al poeta characato Manuel Gutiérrez Sousa, el popular Krufú Orifús, y este perilocazo del Krufú se la centró en profundidad al gran Elqui, que finalmente, de cabeza, metió el gol. ¿Sabes qué hizo?... No, aguanta, esto es más importante, Chato, ojo-al-piojo: lo que pasó en Mandel, causa, no tuvo que nada ver con Lima ni con los limeñitos pequeñoburgueses con-conciencia-de-clase como tú, esa maravilla de convertir una buhardilla pituca en una Casa Okupa fue iniciativa *cent pour cent* provinciana, saca tu cuenta: Elqui es cajamarquino, Rodríguez Nájar loretano, Krufú arequipeño, y ya luego ya, cuando empiezan a caer en mancha, aparece mi compadre, el narrador Alfredo Pita, que también es de Cajamarca, de Celendín, los hermanos Juan y Leo Yucra, que son puneños y no escribían ni cartas, y el abogado Pocho Ríos, que tampoco escribía pero era el más Coca-Cola de todos, el único pajero que venía de Lima y también, ahora que me acuerdo, el único rosquetóvich. Si no me equivoco, mi tocayo Pocho ya mancó, así que déjame tacharlo mentalmente para la futura presentación de mi *roman*... Ya...

¿De qué chucha estaba hablando? Ah, sí, de mi tío Elqui, la cagada, hermanito, la vaina fue así: Elqui alquiló una de las *chambres* de Mandel, ¿no?, y se dio cuenta de que había como diez vacías, y al toque nomás, metiéndose por las ventanas, las fue abriendo de a poco, conchasumare, hasta llaves consiguió el puta, y así, pues, de un día para otro, todos los escritores del bar Palermo que llegaban a París, ya tenían jato con cuarto de huéspedes, un sillón en el pasillo y hasta una pizarra con las noticias culturales del Perú, y también tenían una despensa con comida expropiada, con libros expropiados, con ropa expropiada, con-lo-que-quieras expropiado. El deporte preferido de mis tíos en el París del 77 era expropiar en las tiendas; y expropiar, pa' que me entiendas, es la forma heroica y revolucionaria de decir que eran unos rateros de mierda. Y, así pues, unos pasaban, otros se quedaban, venían con la familia, venían con la mujer, venían con la trampa, venían con el plancito... ¿Quién carajo no cayó por Georges Mandel, dime? ¡Hasta el poeta infra Mario Santiago se quedó ahí! No comía bien, sólo caminaba, leía y escribía, la pobreza le trajo sarna a las manos y los peruchos, que no creen ni en su madre enferma, le pusieron el *rasca-rasca*, conchasumare, no hay respeto. Y llegaron más y más poetas y narradores, causa, Balo Sánchez León, Rodolfo Hinostroza, Tulio Mora, Yulino Dávila, nuestro amigo Elías Durand, Jorge Nájar, Carlos Calderón Fajardo, los hermanos Rosas que-ya-no-son-hermanos (Patrick y el gordo insoportable), y luego, ya para quedarse, Óscar Málaga, Carlos Henderson, Eduardo González-Viaña, el zambo Verástegui con Carmen Ollé y su niña, el pintor José Tang, y hasta alguna vez llegó el mismísimo Alfredo Bryce Echenique, y muchas, muchísimas veces más, subió, comió, bailó y hasta leyó sus cuentos ahí mismo en las *chambres* del 33 de la avenue Georges Mandel el finado y adorado Julio Ramón Ribeyro.

¿Por qué chucha no escribes sobre eso, dime? ¡Ya van dos novelas gratis, bellaco!, ¿qué esperas? La chela pericotosa se acaba y el Pocho se está secando, mi broder, llámalo al buen Günter ahora o bórrate para siempre de mi vida sin decir adiós, Chato, que jamás he sido tan generoso ni con mi sombra, entérate, aprende de una vez, carajo: tú has llegado al París del miedo y la desolación, al París de las metralletas y los kamikazes, al París del socialismo neoliberal, al París del Frente Cuchifacha, Chato, la fiesta ya mancó, la literatura se terminó, antes había escritores, ahora lo que sobran son fujimoristas nacionalizados que quieren votar por doña Marine, conchasumare, dan ganas de meterse un tiro en la oreja.

Y a esto, ¿para qué mierda quieres encontrar a esa cojuda peripituca? No eres policía ni detective, huevonazo, ¡eres escritor! Déjate de cojudeces y escribe, carajo. Aunque no le importe a nadie, tú escribe igual, escribe y olvídate de una puta vez de esa Cayetana Herencia, loco, que esa mujer lo único que va a traer a tu vida es desgracia.

Hazme caso y no seas terco, Chato, te lo dice el Pocho...

Londres, Lima, Berlín
Años 2000

Francisco Méndez
Hotel Premier Inn, Leicester Square, Londres
1 de junio de 2005, 9 am

Te parecerá una cojudez, mi Chato. Pensarás que es raro que te lo diga aquí, ahora, con la pendeja esta de las trencitas eléctricas roncando al lado. No importa. Te lo juro que no importa. Eres mi amigo, mi hermano, te quiero como mierda... No me pongas esa carita enfadada, huevas..., ¿o te da roche? ¿Tan acomplejado eres que te avergüenza que tu hermano te diga que te quiere? Qué..., ¿te veo la pichulita y te sientes cabro? Ay mi Chato, tú sí estás hasta las huevas. Acabamos de cacharnos a esta cojuda juntos, huevón, el *tricky* de siempre, ¿y te ahuevonas de pronto porque tu amigo de-toda-la-vida te expresa su cariño? ¡Tú eres mi pata, huevón! A mí no me avergüenza darte un beso, abrazarte, ayudarte *siempre*, carajo, nos conocemos desde chibolos, sabes que nunca te fallaría y sé que tú tampoco, así que no jodas, mi Chato, si te digo que te quiero como mierda es porque te quiero como mierda, y si te lo digo de esa forma es porque de esa forma te lo quiero decir.

Pensaba en el amor. No, no te rías pues, carajo, que va en serio. Estaba pensando, de hecho, en las baladas de amor. O sea, en las canciones románticas, esas que escuchaban nuestras viejitas antes y la gente se sabía de memoria y tú y yo solemos cantar ebrios, Chato pendejo, no te hagas el-que-yo-nunca con esa carita de macho estreñido que bien te conozco. José José, Camilo Sesto, Juan Gabriel, Raphael: ahí nomás ya tienes a los cuatro Beatles de la balada romántica en español, mi Chato, ni te atrevas a decirme que no. ¿O ya te olvidaste que cantabas esas canciones en el cole con tu vocecita marimacha? Porque yo recuerdo *bien clarito* esa «Querida amiga» de Pimpinela con Maradona que cantabas con los brazos en alto en el medio del salón. Eras un enanito con pecas, alzabas tus bracitos para que pudiéramos verte y tenías una voz de hembrita tan pero tan pendeja que ese día, mi Chato, ese mismo día me convenciste de que estabas condenado a ser el más rosquete de toda La Inmaculada... ¡y mira que en el cole había una cantidad infinita de cabros!

No, no, no, cojudo, no te me hagas el dormidito ahora que ya mismo despierto a la flaca y luego ya sabes cómo es la huevada si esta loca de mierda abre los ojitos, ¿no? Te vas a quedar sin leche, huevas. Nos va a vaciar los porongos de nuevo, así que escuche usted calladito, mi Chato, o volveremos a la cachadera sin fin...

Hay una canción que me gusta mucho y sé que a ti también. «Mi niña veneno» se llama. Es esa que dice *Mi niña venenooo, el mundo es pequeño para los doooos*, ¿te acuerdas? Claro que te acuerdas: a ti te encanta. Escucha bien esto. No es una canción de amor. Parece de amor, claro, pero en realidad es de horror. A mí me da risa que la gente la cante como monga sin entender lo que este perverso está diciendo. Es escalofriante. Ellos piensan que es otra canción romántica, pero en realidad es una canción de terror, una

canción que habla de una niña muerta. El que canta, por ejemplo, la está invocando, ¿te diste cuenta? Está enamorado de ella aunque sabe que es un fantasma que pena. Y lo peor de todo, mi Chato, lo más absolutamente pendejo es que el asesino... ¡es *él!*
No te rías, huevas, es en serio: si tuvieras hijos entenderías. Pero no tienes, pues. Cuando seas padre, lo verás todo completamente distinto. Y si a un hijo de puta se le ocurre que hacer una canción en honor a un pedófilo es divertido; ay mi Chato, yo sé, mi Chato, doy mi brazo izquierdo y los dos huevitos afeitados a que tú, mi Chatito agarrado y justiciero, sin ninguna vacilación, eres capaz de irte hasta Brasil para meterle harto plomo en el huequito del glande. Y es que es brasileño el puta... ¡Y está vivo! Y tiene la enorme concha de seguir cantando, ya lo guglié. Sí, ése es: Ritchie. Con ese nombrecito de hermano-travesti-que-huye, no me sorprende en absoluto lo enferma y asquerosa que es su canción...
¡Cómo que no es brasileño, huevas! ¿Inglés? Ya. Tengo entendido que es brachico, mi Chato, pero no me sorprendería porque el español le sale verdaderamente como el orto.

Cayetana Herencia
Domicilio. Parque Mora, Magdalena del Mar, Lima
10 de enero de 2000, 7 am

Chequita, ¿estás despierta? Ábreme, por fa, que tengo algo muy importante que contarte. ¡Chequitaaaa! Ya pues, huevona, no te hagas la dormida que te estoy viendo, no me hagas alzar la voz o mi mamá va a escucharme y si me encuentra, voy a ganarme un correazo en el poto... ¿Ves cómo te ríes, bandida? Estoy en la ventana, no te hagas, te

estoy viendo... ¡No te tapes, Chequita!, ¿te da vergüenza? Yo también duermo desnuda, no tiene nada de malo, y con este calor horrible, ¡imagínate! Además, ya sabes, desde lo de mi papi, ésta es la sede peruana de la casa de Bernarda Alba... Gracias, Chequita bella, buen día, besito, discúlpame por despertarte, ¿te traigo un café?
¿En serio no sabes quién es Bernarda Alba? No importa, yo te explico. Viene de una tragedia española. Bernarda es una vieja enloquecida por las apariencias, una bruja enlutada y fanática que educa a sus hijas a ser sumisas ante los hombres. No, no la están dando en la tele, Chequita, es una obra de teatro de García Lorca. En la obra no hay hombres, sólo mujeres de luto y vestidas de negro que están encerradas en la casa por culpa de esa vieja loca... ¿Cómo? No, no lo digo por mi mami –¡qué malvada eres!–, seguro lo dices por lo de «loca», le voy a contar. Me refería a la casa, pero ya da igual, Chequita, dime, ¿qué haces toda enroscada en esa toalla?, pareces un peluchito, ¿te vas a bañar...? Ay Chequita, ¡qué pudorosa me saliste! Quítate eso o ponte un polo y vamos a echarnos en la cama que tengo algo urgente que decirte.

Es sobre mi profe, ¿te acuerdas? Te hablé de él hace unos meses. No, no te dije su nombre y ahora no importa. ¿Viejo? No, no es viejo. Tampoco es un chibolo, Chequita, pero se ve mucho menor de lo que es; imagino que tendrá unos treinta años o un poquito más... ¿Si habla inglés? Pucha, no sé, imagino que sí... Qué preguntas más extrañas haces, Chequita, ¡qué tiene eso que ver! Tú estás mal de la cabeza y creo que por eso te quiero tanto, caracho, ponte más cerquita que necesito cariño y comprensión... Tampoco exageres, pues, Chequita: ¡es sólo una teta! A mí me ves las tetas todos los días y no hago tanto escándalo, oye... Ya, ya, lo siento, tápate si quieres pero no te alejes.

Sí, es el mismo profe del semestre pasado, sólo que en abril tomaré otra clase con él. Normalmente enseña Ciencias Políticas en la facu pero le han dado una clase de Estética; eso es normal en la Cato, Chequita, ahí todos enseñan todo. No, no es cierto pero casi: digamos que es un chiste basado en hechos reales. Disculpa, Chequita, me estoy enredando. Bueno, al grano, ¿estás lista? Ok. Te lo cuento en cinco pasos para hacerlo ordenado y emocionante, ¿ya?

Uno: me invitó a salir.

Dos: acepté.

Tres: me llevó al bar más insalubre y pacharaco de todo Lima Metropolitana y balnearios.

Cuatro: creo que está un poco solo, el pobre. Me recordó un poco al Travis no-sé-qué de *Taxi Driver* (Chequita, es una película gringa que no has visto, no me cortes la inspiración ahora, por favor, que ya acabo).

Cinco: me lo chapé (así, literalmente), y luego me lo seguí chapando, y luego creo que me aburrí o me cansé de chapármelo, y ahora tengo una sensación rara porque ya no sé por qué lo hice o si el profe me gusta tanto, Chequita... ¿Estaré un poco loca?

Diego, el Chato
Hotel Park Plaza Wallstreet, Wallstrasse, Berlín
21 de junio de 2008, 11 pm

Francisco no estaba. Salí por una hora a la cabina del otro lado del puente y, a mi regreso, la habitación estaba vacía. No temí por su vida. No tenía ningún motivo para pensar lo peor. Ya estábamos en Berlín. Antes, cuando crecimos, cuando perdimos la virginidad y aprendimos a pelear a puño limpio, estábamos en el Perú de los muertos y los coches bomba y si uno desaparecía era probable que no volviera.

Decían que eso se había acabado. Decían que no ocurriría de nuevo y al final todos olvidaríamos de una u otra forma, pero yo igual me fui. Era mi primera vez en Alemania, llevaba menos de tres horas allí y mataba el tiempo escribiendo mientras esperaba a que Francisco volviera. Quizás guardara ese cuaderno y algún día esta historia me sirviera para contar la nuestra. No iba a quedarme dormido. Era viernes y tenía ganas de embriagarme, con o sin él.

La botella de vodka que tomaríamos juntos estaba casi vacía cuando volví. Le quedaban apenas tres sorbos. Las huellas dactilares de tres de sus dedos la habían empañado con una grasa sucia y ahumada que parecía de kebab. Era probable que estuviera equivocado porque no encontré ni envases ni servilletas ni restos de comida por ningún lado. Luego de ensuciarla, me resultó extraño y hasta antipático que Francisco tuviera la delicadeza de cerrar la botella y dejarla al lado de un vaso limpio. De repente buscaba ser irónico y elegante para burlarse de mí. Si iba apurado, el hielo rebosante en la vasija de lata y los envases sellados del agua tónica que él había insistido en comprar indicaban sin duda que había bebido directamente del pico, y eso, como el soplo ardiente de un arma de soldadura, me trajo a la cabeza el recuerdo de los días salvajes de nuestra juventud en Lima, en plena dictadura de Fujimori, cuando la cocaína que nos hechizaba todos los fines de semana hasta volvernos locos lo transformaba en un hombre sometido y sin voluntad.

Después de dos horas esperándolo, embotado por el coñac aromático que habíamos guardado para el sábado y que abrí más amargo que resentido, decidí salir del cuarto, olvidarme de Francisco y aprovechar la ciudad. Dejé el cuaderno de viajes en mi maleta, pensando en retomarlo apenas tuviera noticias de mi amigo. Iba ebrio y solitario en un ascensor panorámico de diminutas luces violetas y celestes, fascinado por la cabina de vidrio que me permitía observar el rápido descenso hacia el patio interior del hotel. Más que vértigo, lo que sentía era fastidio, pero la canción de Mogwai que sonaba de fondo me entumeció hasta dejar mi cabeza colgando de lado, con la barbilla sobre el pecho como si me hubiera quedado dormido de pie. Seguro la conocen. Tiene un título sinestésico (así adjetivaban los modernistas y yo por entonces leía con asombro *Las fuerzas extrañas* de Leopoldo Lugones) que parece un contrasentido porque habla del olor del sol. «The Sun Smells Too Loud» inicia con un punteo de guitarra delicado e hipnótico que luego se repite insistentemente y consigue, casi sin darte cuenta, curar y conjurar todos tus pensamientos siniestros.

No recordaba, sin embargo, haber tenido muchas ideas perturbadoras, aunque reconozco que alguna vez, como todo joven dramático y proclive a la histeria, se me cruzó por la mente el desvarío de suicidarme. No recordaba habérselo dicho a nadie, nunca, ni siquiera a Francisco; en parte, porque no lo consideraba un pensamiento serio; y en parte, porque si realmente hubiera querido matarme, lo habría hecho sin contemplaciones, lo más rápido posible y seguro de no fallar.

¿Qué motivaciones tendría yo, además, para hacerlo? Las buscaba y no encontraba ninguna. Y, sin embargo, no dejaba de preocuparme la frialdad con que procesaba y admitía estas cosas, incluso para mí mismo. Ni siquiera sabía cómo describirlo sin aterrarme. Estaba, por ejemplo, ese vértigo interior que había sentido, más de una vez, inmóvil y absorto frente a las vías del metro en Nueva York, replegando los dedos con fuerza dentro de los zapatos para no moverme, seducido por la nada más abominable y tortuosa; tenso, delirante, enloquecido por segundos hasta que el áspero sonido del tren, anunciando su entrada a la estación, conseguía despabilarme.

Ese día, sin embargo, no pensé en nada de eso. Hacía dos horas que Francisco se había perdido en la noche oscura de Berlín, y en mi amarga borrachera, impulsado por el fervor del resentimiento, lo único que deseaba era seguir bebiendo y pasarla bien. Ni en mis sueños más insanos y violentos imaginé lo que vería apenas se abrió la puerta del ascensor. Recuerdo, sí, que ésa fue la primera vez que los labios temblorosos de Francisco pronunciaron el nombre de Cayetana Herencia.

Francisco Méndez
Hotel Premier Inn, Leicester Square, Londres
21 de junio de 2005, 9.15 am

La primera parte de la canción es una trampa, mi Chato, fíjate. Parece que trata de una chica así medio sobrada y esquiva con el hombre que sufre, ¿no? Una flaca que lo visita cuando quiere y que él espera siempre, aunque ignora cuándo y cómo va a llegar. Sabes que yo no canto tan lindo y afinado como tú, pero no importa, Chatito, me la he aprendido y aquí va. Escucha:

Medianoche y en mi cuarto, ella va a subir.
Oigo sus pasos acercando, veo la puerta abrir.
Media luz color carne, y sábanas de azul.
Cortinas de seda, y finalmente tú.

Hasta ahí todo bien; o más o menos bien, porque el ambiente del cuarto, con las sábanas azules, la luz color carne y las cortinas de seda, está bien pendejo: ésa no es la habitación de un broder, Chato, ese es el cuarto de una puta fina, no me jodas. Súmale a eso que no se sabe si está hablando de una o de dos mujeres, y ahí nomás, de arranque, el tal Ritchie ya empieza a rayarse. ¿Por qué usa «ella» y «tú» para hablar de la misma flaca? ¿O no es la misma? ¿O son dos? ¿O es sólo una pero con personalidad múltiple...?

¡No te rías pes carajo, mi Chato, que esto es serio! Recuerda, mierda: si esta gringa de las trencitas —¿cómo se llamaba? Ah, sí, Cindy—, bueno, pues si el locón de Cindy se despierta, mi Chatito, caballero nomás, ajusta el pancho que se viene el *tricky* mañanero, y ahí sí te puedes olvidar de todo esto porque no podré seguir... ¿Eso quieres?

Mejor continúo, ¿ya?, no me cortes la inspiración... Ok. ¿Qué viene después? El coro. Aparece la «niña veneno», y con ella asoman el delirio y lo raro, looo, looo... ¿Cómo se dice cuando hay algo que se percibe pero sin mucha conciencia, mi Chato?... ¡Exacto! Eso es: aparece lo subliminal. Fíjate:

Mi niña veneno, el mundo es pequeño para los dos,
y en toda cama que duermo, te vuelvo a ver.

¿Quién es la «niña veneno», mi Chato? ¿Ah...? ¡¿Cómo que su ex flaca?! No seas huevas, pes. O sea, según tú, Ritchie se mete con todas las vaginitas que puede, se la pasa cachando en todos lados para olvidarse de la ex y sin embargo no puede porque la flaca siempre se le aparece, ¿es así? Ay mi Chato, tantos libros, tantas horas de estudio por las santas huevas. Qué iluso eres. Entonces, según tú, lo de «niña veneno» es sólo una metáfora. O sea, este huevón es un enfermo y un asesino y tú crees que es un poeta, ¿es así, más o menos?

Ya. Aquí, para que te desahueves, te dejo la otra estrofa:

Sus ojos verdes en mi espejo, brillan para mí.
Su cuerpo entero es un placer, del principio al fin.
Y solo en mi cuarto, yo despierto sin *você*.
Me veo hablando con paredes, hasta anochecer.

Ahí ta pes, ahí ta. ¿Entendiste o no? Hasta en portugués te lo está diciendo. Esta canción no es de amor, Chato. Las huevas. Aquí Ritchie confiesa el crimen de la chibola y luego se loquea. En su sueño recuerda lo que le hizo. Es, de hecho, la parte más asquerosa de toda la puta canción, mi Chato. Y cuando despierta, no hay nadie, está solo, se caga de miedo. La «niña veneno» no es su ex flaca. La «niña veneno» es el fantasma de la chibola que pena y lo persigue. ¿Y qué hace este bastardo de Ritchie, dime, qué hace?... ¿Qué hace? Nada. Quema. Se loquea feo. Habla con las paredes. Sólo falta que coma caca y nos vamos de aquí... Dime, Chato: ¿quién carajos se pone a hablar con las paredes porque extraña a su flaca, ah?
La última estrofa es la más rara. Aquí ya se confirma que la niña es un espíritu, que Ritchie está demente y que es una canción de terror. Manya:

Medianoche y en mi cuarto, ella va a surgir.
Oigo sus pasos acercando. Veo la puerta abrir.
Y ella conoce de dónde tú vienes para amar,
no sé ni cuál es tu nombre, ni necesito llamar.

¿Te diste cuenta de que toda la vaina es circular? O sea, la canción termina como empieza. Es la misma frase del inicio pero el verbo es distinto, mi Chato, pasa de «subir» a «surgir»; es decir, a brotar, a manifestarse, a aparecer... ¡y a la medianoche!, así como el hombre lobo. Ya pues. Y aquí comprobamos que el «ella» y el «tú» son, en realidad, dos flaquitas: la niña muerta que pena y cualquiera de las vaginitas que Ritchie se levantó esa noche. ¿La frase final? No entiendo ni mierda, mi Chato. ¿A quién quiere llamar? Qué sé yo, qué chucha, Ritchie está orate. Ni siquiera sé por qué te estoy diciendo todo esto. Es algo que vengo pensando. La canción igual me gusta y eso me molesta un poco. Y de tanto hablar de ella ya me dieron ganas de escucharla, pero esta pendeja de las trenzas sigue roncando... ¿Queda vaina, mi Chato, o la coquera de Cindy se la jaló toda anoche?

Mateo Hoffman
Hostal Carlos Tenaud, Jr. Carlos Tenaud, Miraflores, Lima
1 de febrero de 2000, 10.30 pm

De repente, sí, fue raro que te llevara a ese lugar. La primera persona que me llevó al Sky fue Jaime, un compañero de la universidad. Imagino que pensaba hablarte de él pero no me atreví. Imagino que llevarte al Sky también era una forma de hablarte de mí. Dicen muchas cosas en la universidad, Cayetana; en general, todas falsas. No sé, por ejemplo, quién dibujó esa imagen en el baño de la facultad. Nunca la vi. Tampoco me molestó. Ni siquiera sé si me jode que me llamen «Ken», no creo parecerme a ese muñeco idiota de la Barbie pero lo entiendo, también he sido estudiante y sé cómo funcionan esas cosas. Era estudiante al inicio de esta dictadura, cuando Fujimori intervino el Poder Judicial y disolvió el Congreso. Tenía más o menos tu edad pero lo recuerdo muy bien. Se lo cargaron todo. El Poder Judicial, el Consejo de la Magistratura, el Tribunal de Garantías, la Contraloría, el Ministerio Público. Había tombos y milicos por todos lados. Tomaron la prensa, las facultades, el Colegio de Abogados de Lima, los sindicatos. Se levantaron periodistas, congresistas, líderes de la oposición. Yo militaba desde mucho antes, en el PUM, la principal fuerza política de la Cato en los ochenta, pero en el 92 eso ya estaba muerto. Igual había muchos compañeros en peligro y no pude hacer nada. Mi padre me impidió salir de casa. Se puso, literalmente, contra la puerta y, ante mi insistencia, empezó a llorar. Él sabía lo que había ocurrido dos años antes con mi amigo Jaime Velásquez y tuvo miedo y no lo culpo. Jaime tenía veintidós años cuando lo desaparecieron...

Disculpa, por favor, si te hablo de estas cosas. Siempre he sido un poco imprudente y torpe para elegir los momentos. Si quieres, lo dejo... ¿Quieres que siga?

El principio y el fin de la vorágine siempre fue Sendero. Lo creíamos lejos de nosotros, lo subestimamos, pensábamos que sólo ocurría en San Marcos, en la Villarreal, en La Cantuta, nos guiábamos por mitos, había tantos mitos sobre los senderistas, Cayetana, y es muy probable que nosotros fuéramos muy burgueses para entender lo que realmente se estaba gestando, muy ingenuos para pensar que sólo se trataba de infiltrados de los que había que alejarse para estar a salvo. No era así. Nunca fue así. Fuimos incapaces de comprender lo que significaba esa distancia física, esas pocas cuadras de separación entre la Católica y la San Marcos. Solíamos ir, por las tardes, a pie. Bajar esas cuatro o cinco cuadras por la avenida Universitaria era arriesgado y temerario pero lo hacíamos con frecuencia, siempre con la conciencia muda de la aventura, de la experiencia ideológica, del trabajo de campo, del fortín hermético que, del otro lado de la avenida Venezuela, nos diferenciaba de ellos y nos protegía de la muerte.

En el fondo, no entendimos nada. O, quizás, lo comprendimos todo muy tarde. Sendero Luminoso sí estuvo presente en la Católica, agazapado, enquistado como un cáncer oculto y listo para surgir: una peste silenciosa que se propagaba por contagio, que iba captando militantes para jalarlos fuera de la universidad. Y nosotros lo fuimos descubriendo. Tampoco éramos cojudos. A finales de los ochenta, alguna gente que había estado en los partidos de izquierda terminó arrastrada. No era el MRTA. Nunca militaron. El MRTA siempre fue una fuerza muy pequeña en la escena nacional, una fuerza con la que se coqueteaba porque se la veía como una vanguardia militar, una cosa aventurera. Sendero Luminoso era distinto porque tenía masa, y nosotros, como te dije, teníamos San Marcos al lado y, de tanto ir, hicimos patas entre los movimientos de izquierda. Había una mancha grande. Sendero intentó organizarse en la Católica, tenía una célula partidaria y hasta organizaron un par de veces una «escuela popular» en Sociales. Pintaban eslóganes en los muros y en las aulas, pero las pintas no duraban ni diez minutos, al toque venían los empleados a repintar las paredes. Era una estupidez hacer acciones abiertas ahí, no podían: en Riva Agüero había fuerzas represivas; por convenio con la Marina de Guerra, varios profesores daban clases en instituciones castrenses, y a su vez venían marinos a la Católica para tomarlas. Era imposible pensar que no hubiera Inteligencia del Estado, cualquier tipo de acción tenía que haber estado en la mira. Decían que hasta había grupos paramilitares. Es posible. Yo nunca vi nada parecido pero tampoco lo descarto. Lo que Sendero nunca pudo fue entrar a la FEPUC. No se metían con la Federación. Captaban gente partidarizada que se había ido radicalizando, muchas veces porque el gobierno había chocado con familiares, con amigos, con gente querida; y eso ocurrió mucho a finales de los ochenta: los arrestos inusuales, los levantes, la detención ilegal de estudiantes que regresaban distintos, torturados o pepeados, o que simplemente se perdían y ya no volvían más.

El brutal asesinato de Arturo Miranda y Luis Carlos Muñoz dio la voz de alerta. Los dos eran estudiantes de la Cato y yo los conocía a ambos aunque poco. El 27 de julio del 89, fueron intervenidos en San Martín de Porres por un patrullero de la SUAT, junto a una estudiante de la Villarreal y otros dos de San Marcos. Nunca se supo verdaderamente por qué. La versión que corría en los pasillos era que habían realizado una acción contra una comisaría en la avenida Argentina. Los detuvieron a todos y luego los separaron. Al día siguiente, los cuerpos de Arturo y Luis aparecieron dinamitados en los alrededores de San Bartolo, estaban desperdigados en un área de trescientos metros, muy cerca de una escuela policial de mujeres. Los habían amarrado juntos, les habían puesto gelignita en el cuerpo y los habían hecho explotar. La cabeza cercenada de Arturo apareció en la primera plana del diario *La República*. Hasta ahora recuerdo mi asombro, el espanto que sentí al ver a Arturo, un pata al que conocía, decapitado en el periódico. Ésa fue la primera vez que tuve miedo de morir...

Si te cuento estas cosas, Cayetana, es porque son parte de mi vida y, buenas o terribles, han formado al hombre que soy. Llevo años escuchando las historias más disparatadas sobre mí. Llevo años callando, haciéndome el loco, convenciéndome de que son cojudeces que no me importan. Quisiera que sepas quién soy. No me preguntes por qué, ni yo lo tengo claro.

Quizás sea lo de Jaime. No sé si me he recuperado de lo que pasó. Fue hace diez años. Todavía no aparece su cuerpo. Jaime Velásquez era primo de Arturo Miranda. Estaban muy unidos, se querían mucho. Fue por él que conocí a Arturo. Jaime era mi pata. Militaba conmigo en el PUM. Nadie entraba directamente al partido. Se llegaba por invitación. Para ingresar, tenías que hacer actividades de proyección social y charlas de formación política, y si pasabas esa etapa, eras invitado a ser un premilitante. Toda esa cojudez era superselectiva. Jaime venía de un entorno familiar de izquierda. Su familia era de sutepistas, todos eran profesores y sindicalistas. Arturo, a diferencia de Jaime, se había radicalizado pronto. Todo cambia cuando lo matan, cuando aparece esa portada con su cabeza en el arenal de San Bartolo. A partir de ahí, Jaime se empezó a quitar. Se lo llevaron. Estaba ahí, con nosotros, pero no estaba.

A Jaime lo arrestaron en Villa El Salvador el 21 de octubre del 90. La versión que se dio era que estaba haciendo actividades de proyección social, un trabajo de campo para la universidad. Sin embargo, a pocas cuadras de donde lo levantaron, había una marcha de Sendero a la misma hora. Nuestra hipótesis era que Jaime estaba participando en esa marcha, pero eso no podía decirse públicamente: era imposible pedir justicia para alguien si cabía la menor sospecha de que fuera senderista. Si lo hacías, el caso moría judicialmente. Nadie sabe con certeza qué pasó. Jaime se había alejado de todos, incluso de mí. Imagino que estaba en la marcha y, cuando se dispersaron, porque las marchas eran inmediatas, no duraban más de diez minutos, te juntabas, prendías llantas, y luego huías como podías, mezclándote entre la gente, imagino, como te decía, que se dispersó y no pudo irse muy lejos. Lo arrestaron unos veinte o treinta minutos más tarde y a varias cuadras de la manifestación. Un patrullero lo cargó, se lo llevaron y luego desapareció.

Lo único afortunado, para las pesquisas posteriores, fue que se lo levantaron frente a un montón de gente, delante de unas señoras que estaban en la esquina de su casa e hicieron escándalo. Unos completos animales. Esto ocurrió un sábado y recién nos enteramos cuando empezó la Semana Universitaria. Alguien había pegado la mitad de una hoja de papel en los periódicos murales. Decía: «El compañero Velásquez fue arrestado en Villa El Salvador y nadie sabe dónde está». No estaba firmado y eso era raro porque todos los partidos reivindicaban sus afiches. En esa época era normal poner gente a observar las marchas. Había mucha represión, era muy peligroso. El arresto de Jaime debe haber sido visto por alguien de Sendero y fue ese alguien el que pegó la hoja denunciando su desaparición.

Lo que ocurrió después fue asombroso. El arresto de Jaime hizo que todos los grupos universitarios cerraran filas por él. ¿Cómo no íbamos a luchar por su vida si era nuestro pata? Con el PUM a la cabeza, se formó un comité de derechos humanos y lanzamos una campaña para pedir movilizaciones a los demás centros federados. Todos aceptaron. «Está bien, hay que defendernos, pero, entre nos, ¿Jaime Velásquez es de Sendero?», nos preguntaban. «No importa», les respondíamos, «el tema es que lo han arrestado y tiene que aparecer con vida.» Y con esa actitud de principios logramos que todas las facultades le exigieran a la Católica que pidiera por su estudiante. La mamá de Jaime fue al programa de Hildebrandt. El viejo salió en todos los medios. Nosotros salimos a la calle. Paralizamos la universidad. Fue un movimiento tan exitoso que hasta los estudiantes que eran hijos de milicos fueron a cuadrar a sus viejos. Así pudimos saber dónde y cómo había sido el secuestro. De esa manera, también, se llegó al coronel Mispireta Rojas, el «comandante Bomba», uno de los asesinos. La marcha principal por la vida de Jaime fue masiva y mostró una solidaridad que yo no había visto nunca. Fue entonces que Sendero Luminoso se da cuenta de que aquello se ha vuelto un movimiento social, un movimiento desbordado que ellos no controlan, y por eso los muy hijos de puta deciden liquidarlo.

¿Sabes lo que hicieron, Cayetana? Pusieron un cartucho de dinamita en el Centro Administrativo. Reventaron la puerta y los vidrios mientras llenaban las facultades de carteles reivindicando a Jaime como senderista. «El revisionismo pretende aprovechar la sangre de los mejores hijos del pueblo», decía su mierda, me la sé de memoria. Eso terminó con el movimiento. Lo fulminó. El estudiante por el que estábamos haciendo campaña era de Sendero, y con eso mucha gente se palteó y todo se fue al carajo.... ¡Estos senderistas conchasdesumadre prefirieron la inmunda ganancia de deslindar con nosotros antes que salvarle la vida a Jaime...! Quién sabe si todavía seguía vivo. Nunca lo sabremos. De repente, ese mismo día lo mataron. Tampoco hay procesados. No hay presos. El «comandante Bomba» sigue libre. ¿Sabes por qué le pusieron «Bomba»? Le envió una carta-bomba al abogado de la familia de Jaime y le voló el brazo izquierdo. Y es así de simple: con ellos no pasa nada, nunca pasa nada. El fujimorismo, la dictadura los protege.

Por eso abandoné la vida militante, Cayetana. Me anularon. Me asusté. Siempre me quedó, sin embargo, un sabor amargo. Es algo que hasta hoy no he podido procesar. Sigo de luto. Estoy atrapado en el duelo, como dice Freud. Siento como un hueco, algo medio roto dentro de mí. Digo y me repito que no, pero sigo esperando que Jaime aparezca. Y está también *eso*. Necesito saber quién lo arrastró a Sendero. Necesito saber quién fue el hijo de puta que puso los carteles y destruyó todo lo que hicimos para salvarlo. Ni siquiera sé si es sólo uno, imagino que no. Jaime alguna vez mencionó a un compañero sanmarquino metido en Socorro Popular, el aparato más letal de

Sendero en Lima. Siempre he tenido la seguridad de que fue él. No tengo pruebas. Lo único que tengo es mi intuición y su nombre de guerra. Pero cada vez que he intentado encontrarlo, cada vez que he preguntado entre la gente de esa época por el «camarada Manuel», me dicen que no saben, me dicen que no existe o que ya está muerto, me dicen que ando buscando un fantasma, Mateo, olvídate por favor, de una vez y para siempre, de todas esas cosas.

Carmen Luz Carhuayo, la Chequita
Domicilio. Parque Mora, Magdalena del Mar, Lima
2 de abril de 2000, 9 pm

2/4/2000

Querido diario:
Soy Carmen, otra vez. Ayer la señorita Cayetana terminó con el señorito Ken. Por eso te escribo, para que sepas (pero no lo cuentes que es secreto). La señorita Cayetana vino a mi cuarto llorando y me contó: Chequita (así me dice), ya se acabó (llorando estaba la pobre), y me abrazó fuerte (siempre tan cariñosa la señorita) y yo creía que había sido el señorito Ken que le había dicho que mejor ya no (porque él es su profesor así como en *Carmín*, esa telenovela vieja que la señora Hilaria me recomendó, pero no es su maestro en el instituto sino en la universidad), no fue así pues sino al revés, o sea, fue la señorita Cayetana... Y no sé por qué lloraba tanto entonces, la verdad. Si lo quiere mucho y con sinceridad, así como yo lo quiero al Paul Vicente, incluso cuando se emborracha y me pide esas cositas, si hay amor del bueno, señorita Cayetana (le dije), ¿para qué termina?
Me gusta escribir. Me gusta este cuaderno verde que me regaló la señora Hilaria (es tan buena cuando no es

mandona: pero yo la entiendo, sigue triste por lo del señor Richard, pobre, un ángel hasta cuando estaba ebrio, que en paz descanse). Me gusta leer. En el colegio me dieron de tarea un cuento del señor escritor Julio Ramón Ribeyro y mi composición tuvo la más alta nota de la clase. ¡Me puse tan contenta! El cuento se llama «Alienación» y trata de Roberto López, un chico zambo y pobre que vive en La Victoria y está molesto porque quiere ser blanco y gringo y casarse con Queca, la chica más bonita de su barrio. Al final se muere, lo matan por querer ser algo que no es. Tan triste. Me gustan los cuentos tristes. Me hacen pensar en mí y en mi vida (que no es tan triste si pienso en las amigas del cole). Éste, por ejemplo, me hizo pensar en Paul Vicente, que también es zambo y pobre pero no quiere ser blanco, y está bien porque yo tampoco quiero que se transforme, lo imagino con talco en la cara y planchándose el pelo como Bobby López y me da cosa.

Por más que lo pienso y lo pienso, no entiendo por qué la señorita Cayetana dejó al señorito Ken. No dijo mucho (con el llanto tampoco se le entendía), sólo dijo: Chequita, es medio raro y melancólico, y así no quiero (melancólico es una palabra muy bonita), y luego se quedó dormida (conmigo, en mi cama, otra vez). Todos tenemos nuestras cosas buenas y malas, señorita Cayetana, le dije. No conozco al señorito Ken pero parece que es bueno, le repetí. No sirvió de nada, ya se había quedado seca. No entiendo. En *Carmín* todo es más claro. Es un amor imposible porque la señorita Fiorella Menchelli (que es rubia como el señorito Ken) es de una familia rica mientras que el profesor Mariano Tovar es un maestro proletario (esa palabra me la enseñó el señor Richard). Entonces no se puede, pues. Así como no se puede que Bobby López se case con Queca. En *Carmín*, sin embargo, al final sí se quedan juntos (las telenovelas son así).

Eso es lo que no entiendo, querido diario. Si la señorita Cayetana lo quiere de veras al señorito Ken, ¿cómo lo va a dejar por dos o tres sonseras? Se lo voy a preguntar esta noche. Seguro que vuelve de nuevo para quedarse.

Diego, el Chato
Hotel Park Plaza Wallstreet, Wallstrasse, Berlín
21 de junio de 2008, 12.30 am

Cuando la puerta del ascensor se abrió, Francisco entraba al hotel aturdido y maltrecho, caminando lerdo como si estuviera drogado. Tenía la camisa blanca desgajada a la altura del pecho y el pantalón sucio, hecho jirones desde las rodillas hasta los talones. Parecía un hombre desesperado, un hombre que viene de entregarse a la locura por cansancio o por resignación. Lo vi y no lo reconocí. Ese chico harapiento y grotesco que lastimaba la opulencia brillante del hotel no era Francisco sino su reverso: un doble delirante cuya desgracia convertiría nuestra rutilante noche alemana en una película escandinava de horror.

El encuentro fue justo y preciso: yo salía, él entraba; yo, un turista a punto de conquistar la noche berlinesa, él, un turista que estuvo a punto de ser aniquilado por ella. Nuestro primer intercambio fue mudo. Intenté decir algo, pero él se abalanzó hacia mí como un oso herido, abrazándome el cuello y dejando caer su frente sobre mi cabeza en el umbral del ascensor, sin dejarme salir. Tenía los brazos afeitados, olía a trago. «¡Mira lo que me han hecho, mi Chato!», dijo entrecortado, a punto de quebrarse, mostrándome sus piernas también lampiñas, demasiado suaves y brillantes como para pronosticar alguna depilación violenta.

Algo no encaja, pensé por primera vez, asustado y receloso ante la incertidumbre, desorientado por el tristísimo sonido que hacía el gimoteo de Francisco en el preludio de su llanto, algo raro y desconocido, una melodía intolerable, impropia para alguien que nunca había llorado en público delante de nadie.

–¡Me han robado todo! –gritó desconsolado, ya en la habitación, con los pómulos anegados por las lágrimas que resbalaban hasta su cuello–. Me vaciaron la cuenta. Veinte mil libras, todos mis ahorros. Y creo que la maté... A la puta, ¡con un cenicero la maté...! Está muerta, Chato, la cagada... ¡Está muerta y yo la maté!

¿Qué mierda estaba pasando? ¿Cómo había ocurrido *todo* esto en tan pocas horas? ¿Una agresión que es un robo y termina convertida en asesinato? ¿Francisco, mi amigo, era ahora un asesino? ¿Era así de simple? ¿Y quién le había robado? ¿Ella? ¿Una puta y su banda de delincuentes? Pero si así fue, si eran muchos y pudieron someterlo para robarle, ¿por qué no hicieron nada para defender a la mujer cuando Francisco la atacó? ¿La mata y luego huye? ¿La mata, derriba a todos cual Bruce Lee, y solo se va? ¿Y lo de los brazos y las piernas rasuradas? ¿Y lo de la ropa rota? ¿Y todo esto pasó *aquí*, en Berlín, una de las ciudades más seguras de Europa?

No entendía nada. Estaba paralizado por el miedo. No sabía qué hacer porque no sabía qué pensar y cada vez que lo intentaba, cada vez que buscaba juntar los pequeños fragmentos dispersos de su historia para darle alguna lógica, lo único que veía era un escenario horriblemente cruel, tan escalofriante y siniestro que sólo me quedaba negarlo, anularlo, volverlo irreal para protegernos; y así, preferí entregarme, así, con esperanza, decidí apostarlo todo por el fraude, por el simulacro, por la confirmación de sus desvaríos, de una locura pasajera que pudiera salvar a Francisco del infierno del que había vuelto convertido en víctima y victimario.

Antes de contarme lo ocurrido —o quizás en el medio de su relato, ya no me acuerdo—, sentados los dos sobre las camas tendidas, uno frente al otro, Francisco se levantó de improviso, avanzó impetuoso hacia la ventana e hizo el falso ademán de arrojarse. «¡Me mato, Chato, me mato!», dijo gritando, extendiendo las vocales de su alarido, trágico y exagerado hasta la farsa, con la rodilla izquierda sobre la cómoda para dar el brinco que no iba a dar: histérico, histriónico, moviéndose como una bestia capturada que rehúsa el cautiverio, empujando desesperado contra mis brazos, que se cruzaban sobre su pecho para evitar lo que, intuía, en el fondo sólo era furor y arrebato.

Minutos después, con el Valium que le di para calmarse, se quedó profundamente dormido. Yo no pude. Antes de salir de la habitación estaba serenamente borracho, alegre a mi manera dentro de la amargura que me había producido la desaparición de Francisco. Ahora que la ansiedad y el insomnio me han devuelto a este cuaderno, siento una lucidez casi lacerante, una cordura que me rompe los nervios y genera automáticas arcadas de asco y de tristeza y de ese vértigo que arrecia cuando la realidad se pone de cabeza y todo se llena de nada.

Sigo sin entender lo que pasó. Francisco me lo contó desde el principio pero su historia tenía demasiadas costuras, huecos flagrantes que no contradije por temor a evidenciarlo. Ocultaba algo, lo sabía, pero ¿qué? Desde el inicio se negó a ir a la policía. Si él creía haber asesinado a esa mujer, aunque fuera en defensa propia, el miedo estaba justificado. Pero no había certeza. Y si bien, angustiado, la daba por muerta, cuando estaba más tranquilo lo negaba, la había desfigurado, eso seguro, pero más nada, mi Chato, la flaca se movía y gritaba cuando me escapé.

El lugar del cual escapó no puedo imaginármelo sin pensar en esas habitaciones rojas, con sus enanos y sus indios levitando, que aparecen en las películas de David Lynch. Seguramente es una comparación desafortunada (da igual, uno no controla lo que imagina): Francisco me habló de un hotel de mala muerte, lejos del centro, con su conserje bigotudo y tenebroso cobrando mordidas por cada víctima. El procedimiento, por lo que entendí, era el del secuestro y consistía en levantarse al caballero incauto que, a su vez, se había levantado en la calle a la puta despampanante. Le tocó a Francisco y ciertamente pudo haberle tocado a cualquiera; pero es entonces, cuando empieza la parte Napalm Death de esta historia, que asoman también las inconsistencias.

La botella de vodka la abrió apenas me fui a la cabina de internet. Estaba emocionado, mi Chato, recontra feliz, y no supo canalizar esa energía de otra manera que bebiendo de pico, con la música a todo volumen, dándole largos sorbos sin darse cuenta de lo dulce y rápido que corría por su garganta. Se llevó la botella a la ducha, ya estaba borracho y torpe; cuarenta minutos más tarde pensó que yo me había ido hacía dos horas, malició que lo había dejado y me odió por mi desconsideración: hasta el culo, mi Chato, no me podía quedar así ni cagando. Decidió salir, solo, dar una vueltita rápida. Recordó ese bar del que tanto habíamos oído, ¿el Café Zapata?, preguntó, Metro Orianenburger, le respondieron: las huevas, muy lejos, dijo, y se fue en taxi. Hasta ahí todo encajaba. Francisco tomó el taxi que lo dejó en el bar o cerca (ya no se acuerda si llegó, pero, definitivamente, no entró). Dos calles antes o después del Zapata, vio a la mujer. Era rubia, alta como él, se veía tan linda que no podía creer que fuera puta. Un polvo rapidito nomás y me regreso al hotel, seguro que ya habrá vuelto mi Chatito para entonces. Así me lo contó. Con esa claridad cinematográfica que, de manera repentina, se fue ensuciando, colmándose de elipsis y de silencios y de saltos temporales. No me quedó claro, por ejemplo, si el taxista que lo llevaba siguiendo las indicaciones de la rubia también estaba coludido con los tipos que irrumpieron violentamente en el coche. Tampoco podría asegurar cuántos eran (dijo que varios sin precisar número), si iban armados con pistolas o cuchillos, o si realmente eran turcos, aunque Francisco desde el inicio los llamó así –los Turcos– como si hablara de una banda de rock.

Lo primero que hicieron los turcos fue llevarlo a varios cajeros para vaciarle la cuenta. Francisco dijo que había cometido el error de no ponerles límite a los retiros diarios, y eso me pareció tan estúpido y desproporcionado que decidí no creerle cuando cotizó el robo en veinte mil libras. ¿Se podía sacar todo ese dinero en las pocas horas que estuvo ausente? ¿Existía algún banco en el mundo que fuera tan irresponsable para permitir ese desfalco sin advertir que se hacía en tan poco tiempo y desde un país extranjero? ¿Y qué si no hubo tal robo? ¿Qué si Francisco le agregó esa rama ficticia a la historia para no tener que explicar la más sórdida? Qué oscuro y confuso era todo, ¿tenía algún sentido esta última suposición? No encontré respuesta. Me desanimé. Ya la duda me había hecho sentirme cruel y miserable. Bastaba pensar en lo que venía luego y, sin duda, yo era la peor persona.

En el trayecto entre los cajeros y el hotel siniestro en las afueras de Berlín no sé qué pasó. Francisco omitió ese fragmento como si no fuera importante. No creo que entonces me importase mucho, pero sí recuerdo que esa pequeña omisión inauguró una forma distinta de organizar su relato. Lo que antes había sido lineal y cronológico se volvió caótico y atemporal. Más que secuencias eran fragmentos dislocados que fulminaban la continuidad narrativa, escenas violentas que se ralentizaban al ritmo de los flashes macabros de una imaginaria cortadora de luz. Y todo era rojo ahí, el pasillo, la puerta, las cortinas, el cubrecama, el cenicero, la puta, los turcos –dijo llorando– todos rojos. En el trayecto entre la recepción del conserje bigotudo y la habitación de la muerte, tampoco sé qué pasó. La lógica de los saltos hizo avanzar la trama violentando las transiciones, y no me arriesgué a preguntarle nada porque, entre la frustración, el dolor y la rabia, Francisco entró en una suerte de trance postraumático hecho de fraseos incomprensibles que, por miedo, no me atreví a interrumpir.

Nunca dijo cómo ni en qué momento ni con qué objetivo le rasuraron los brazos y las piernas. Concentró toda la perversidad en la rubia que, completamente desnuda, sentada sobre su abdomen, drogada y virulenta como un caballo loco, le exigía que la penetre mientras lo insultaba en alemán. Alrededor de la cama, sentados en sillas equidistantes, también desnudos (pero esto lo presumo porque nunca lo dijo), mirando con una calma escalofriante y peligrosa, los turcos vigilaban la escena esperando algo que Francisco no supo o no quiso definir, pero que yo imaginé vívidamente aborreciendo mi malicia.

Francisco me dijo que la mujer siguió insistiendo, cada vez con más violencia: dándole cachetadas, golpeándolo en el pecho, apretándole con fuerza los huevos y la verga muerta. No dijo nada de los turcos. Su silencio parecía suficiente para suponer que los chicos llevaban su papel de espectadores con paciencia y dignidad. Recuerdo, sí, que habló de una risa, de alguien que se reía a chorros en el momento en que tuvo la resolución de salvarse. Y también de una música desagradable, de una música trepidante hecha de gritos que sonaba de fondo. Sabía de qué hablaba, lo conocía bien. Los turcos seguramente eran metaleros. Imaginé, entonces, el escenario sonoro de esa depravación: reconocí de inmediato el retumbe furioso de los discos de Pantera y de Sepultura que me hacían perder la cabeza cuando era un adolescente. Y, por extraño que suene, sentí una ligera empatía musical con los turcos, algo pasajero, una nostalgia egoísta que surgió sin premeditación y se apagó de pronto, justo en el instante en que Francisco volvía de uno de esos silencios prolongados que se ensuciaban con su respiración nerviosa. Volvió y dijo que, en algún momento, no recuerda cuándo, la mujer dejó de golpearlo, se descabalgó de su barriga, bajó la cabeza hasta su vientre y empezó a chupar y a lamer con una docilidad impropia: aspirando y levantando su miembro con los labios y con la lengua; masajeándolo con las tetas hasta conseguir lo que antes había buscado torpemente con ferocidad.

La erección involuntaria de Francisco lo despertó del letargo y lo obligó a reaccionar. La rubia ya había vuelto sobre él pero ahora estaba encima, moviéndose con dolorosa aspereza, fornicándolo y despreciándolo al mismo tiempo. «Tenía que escapar, salir como sea, Chato, o me mataban», dijo mi amigo con una mueca de sufrimiento. El ruido entrecortado que salió de su boca parecía un sollozo, un gemido quejumbroso que anunciaba lo que tanto temía recordar. Los turcos seguían mirando pero ya no estaban. Habían desaparecido de su relato. Quedaban él y la mujer que lo violaba, y al costado de la cama, sobre una de las mesas de noche, el cenicero de vidrio grueso que cogió atenazando los dedos como si cogiera una piedra.

El primer golpe fue en realidad todos los golpes: los cinco o seis que asestó con la ciega brutalidad que le permitió su desesperación. Lo único que recordaba era el impulso automático de su mano tensamente aferrada al cenicero. Francisco no pudo contener un nuevo acceso de llanto. Yo me quedé en shock. No quería seguir escuchando pero lo hice. La narración se había convertido en una forma de catarsis que parecía tranquilizarlo. Lo curioso, sin embargo, me terminó pareciendo funesto: todo el caos formal que había acompañado el relato hasta debilitar su veracidad se tornó claridad y certeza gráfica en los detalles lúgubres del ataque. No se guardó nada. Ahí estaba él, enloquecido, hundiendo, chancando, triturando la cabeza rubia y el bello rostro de la joven mujer hasta desfigurarlo, abriendo y multiplicando unos tajos deformes y supurantes que exhibían la grotesca blancura de su esqueleto. Ahí estaba ella, gritando, intentando con los brazos una débil defensa que se desbarató con el golpe que le destrozó la frente y el espeluznante sonido que hicieron sus huesos faciales al quebrarse. Ahí, también, la sangre caliente que ahogó esa masa hinchada y deshecha que era ahora su cara, y el temblor convulso de su cuerpo anunciando un traumatismo craneal cuyas consecuencias finales no supimos ni sabríamos nunca.

Y así, justo en el umbral del fin, por ilógico y disparatado que parezca, terminaba la historia de Francisco según él mismo. No sabía ni quería explicar ese punto incierto que dejaba a los turcos paralizados y convertidos en comparsas, en meras figuras decorativas que supo derribar y vencer con el vigor que no había tenido antes, esa insólita fuerza que aparece en los sobrevivientes y que Francisco había recibido como se recibe una epifanía. De la conjetura sobre el posible asesinato de la prostituta pasó a la negación absoluta. Le había hecho daño, sí, le había jodido la cara horrible, sin duda, pero era imposible que la matase. Había exagerado el dictamen por miedo y todo había sido en defensa propia: era eso o dejar que me maten, Chato. Pero no pasó, aquello nunca pasó, decía, ya echado de lado, con una almohada entre las piernas, arrastrando las palabras por efecto del Valium que lo atontaba y estaba a punto de dormirlo.

Fue en ese momento que escuché el nombre de Cayetana Herencia. Fueron un par de oraciones que parecían fuera de contexto y que tomé como cualquiera las hubiera tomado en ese momento: un desvarío, un comentario absurdo, o quizás un recuerdo que entraba atropellando para contrarrestar los estragos de la experiencia traumática. Más tarde, cuando ya se había quedado seco, siguiendo mi instinto literario, reparé en la posibilidad del vínculo, en la causalidad, en el cifrado involuntario, en el relato superficial que encerraba otro relato secreto.

La clave estaba en la segunda frase, la primera había sido inesperada y confusa:

–Cayetana, Cayetana Herencia... iba a verla pero no llegó.

Cuando le pregunté de quién estaba hablando, quién era esa mujer y qué tenía que ver con todo aquello, su respuesta incompleta abrió una nueva ruta, un espacio en el que pude intuir algunos puntos de cruce entre las posibles historias.

–Una flaca... de Lima, está locaza..., seguro que fue por ella..., mi mujer no sabe, nadie sabe, mi Chato..., pero fue así.

No dijo más. Insistí varias veces pero fue en vano.

Al día siguiente nos levantamos temprano, hicimos rápidamente las maletas, tomamos desayuno, hablamos de otras cosas, nos mentimos. Con la mirada, aceptamos el simulacro y la representación. Incluso hicimos chistes y reímos de manera exagerada, como si la noche anterior hubiera sido una pesadilla compartida que resolvimos negar con un humor misterioso.

Antes de abandonar Berlín, compré dos o tres periódicos en la estación del tren. Era completamente estúpido pretender que saliera algo tan pronto en la prensa pero igual lo hice. Francisco comprendió mi gesto pero se quedó callado, y, como era de esperarse, no encontré nada. Tampoco entendí nada porque no sé alemán: había pensado que a lo mejor las fotos podrían darme una pista. En algún momento del trayecto no aguanté más, tomé a Francisco del brazo y le pregunté por Cayetana Herencia. Él me miró frío e indolente, con una refinada extrañeza. «¿Quién es ésa?», respondió intrigado, devolviéndome la pregunta. Lo que más me sorprendió no fue su respuesta sino la perfecta mueca de asombro que supo improvisar en pocos segundos. Cuando le dije que él la había nombrado la noche anterior, antes de quedarse dormido, me sonrió con un leve desprecio y volteó el rostro hacia la ventana. Después de unos segundos de contemplar el paisaje arbolado del campo alemán, dándome todavía la nuca, agregó que no se acordaba de nada, que había estado muy borracho y tenía dolor de cabeza. Entonces se quedó en silencio, cavilando frente al sol que le empequeñecía los ojos y me permitía ver el reflejo de su rostro austero en la luna polarizada del tren.

Cuando menos me lo esperaba, girando repentinamente la cabeza y posando la mandíbula sobre el hombro que me rozaba el brazo, soltó una pregunta tan inusitada que la sentí hipócrita. «¿Te gustó Berlín, mi Chato?», interrogó con un tono turístico y bobo cuya falsa neutralidad me pareció intimidante. No sabía si se burlaba o si empleaba ese cinismo para poner a prueba mi lealtad. No lo sabía y eso me enfurecía, porque cualquier respuesta que diera conllevaba, implícita, una forma de sujeción. Con todo y el terrible peso de esa conciencia, quise decirle la verdad, recordarle que salíamos huyendo de Alemania, pedirle que abandonáramos, de una vez por todas, esa farsa que sólo aumentaba el miedo que tenía de que todo fuera real. Era yo el que ahora miraba perdido el horizonte resplandeciente en los extramuros de Berlín. Era yo el que aguantaba el aire contrayendo el pecho y parpadeando con furia para contener el llanto. No quería quebrarme pero era imposible retener esa catarata de miedo que palpitaba en mi garganta.

No le dije nada. Los dos seguimos viajando en silencio.

Cuando me puse a llorar, Francisco ya estaba durmiendo.

Segunda parte

> Para saber hay que imaginarse.
>
> GEORGES DIDI-HUBERMAN,
> *Imágenes pese a todo*

UNO

20/10/2005

Querido diario:

Ayer, a las cuatro de la madrugada, bajo la tenue luz de la lámpara (para que la señora no se dé cuenta), terminé de escribir mi primer cuento. Lo malo es que hoy trabajé todo el día y estoy muerta. Tocaba cocinar para toda la semana, ponerlo en tápers, ordenarlo por días y fechas en el congelador. Tocaba limpiar, barrer, trapear, lustrar con cera, regar las plantas, pasar plumero por arriba y por abajo hasta que no quedase ni una partícula de polvo. Tocaba acompañar a la señora Hilaria a hacer las compras al Mercado Central (taxi de ida y vuelta con el señor Gilberto, que siempre pone Chacalón en la radio para complacer a la señora). No tuve tiempo de nada. Gracias a Dios que la señorita Cayetana se fue todo el fin de semana a no-sé-dónde y ahora puedo leer y corregir de nuevo lo que escribí.

Con toda esta prisa e impaciencia que siento, me he olvidado de contarte lo más importante. No es mi cuento (que está muy bueno, ya lo releí por tercera vez y me gusta mucho, ¿para qué negarlo?), es la señora Espergesia, mi maestra literaria (antes, en el colegio, era mi profesora de lengua: ella fue la primera que me animó a escribir, dijo:

«Alumna Carhuayo, usted tiene talento, sólo le falta orden y disciplina, si quiere la ayudo», y yo le dije ya). Cuando la señora Espergesia se jubiló (de eso hace cuatro meses) me dio permiso para ir a su casa en la avenida Brasil, y yo le di permiso para llamarme Chequita. Fue gracias a mi maestra que supe la historia del señor escritor gringo que trabajaba y escribía al mismo tiempo. Se llama William Faulkner (antes se llamaba William Falkner así sin «u» pero luego, dijo la maestra, él mismo le agregó una «u» para «hacerlo más inglés»). El señor escritor Faulkner, antes de ser un autor famoso y alcohólico, era cartero. No iba de casa en casa con su mochila y su gorrita, no: se quedaba en la oficina de correos porque él era el jefe del servicio postal en la Universidad de Mississippi (¡una palabra con cuatro «eses» y dos «pes»!, qué extraño y lindo es el inglés). Cuando alguien iba a comprar una estampita o deseaba enviar una carta, no podía porque no había nadie para atenderlo: el señor Faulkner estaba escribiendo poesía lírica en la parte de atrás del local y no le gustaban las interrupciones. Y así se mantuvo por dos largos años, pero luego se aburrió o se cansó y, a través de una carta, presentó su renuncia.

Aquí te copio la carta, es cortita. La maestra me la tradujo y la escribió en un papelito porque, dijo, en el futuro me va a servir:

> Mientras viva bajo el sistema capitalista, espero que mi vida esté sometida a las exigencias de la gente adinerada. Pero ni loco me pondré a disposición de cada canalla itinerante que tenga dos centavos para comprar un sello postal.
> Ésta, señor, es mi dimisión.

Qué interesante (me gusta cómo suena la palabra «canalla»). Cuando sea una gran escritora y me vaya de la casa de la señora Hilaria (uy no, ¡qué triste!), voy a dejar una carta igual. Lo curioso es que el señor Faulkner se fue y ya era todo un escritor (¡con cuatro novelas publicadas!) cuando tuvo que entrar a trabajar en una central eléctrica. Por necesidad (dijo la maestra): era el año 1929, y Estados Unidos estaba en quiebra y la gente se suicidaba porque lo perdía todo. Esta novela que me regaló la maestra *(Mientras agonizo,* se llama) habla de esa época de pobreza y desesperación, y el señor escritor Faulkner la terminó en seis semanas mientras trabajaba el turno de noche en la central eléctrica: escribía sin parar, desde las once hasta las cuatro de la madrugada, bajo la luz de una lámpara (como yo) y sobre una carretilla de construcción volteada que se volvía una mesa chiquita.

Y ése es el final de la historia, Chequita (dijo la maestra). William Faulkner fue la inspiración de muchos autores latinoamericanos que, como él, se convirtieron en grandes escritores: Borges, García Márquez, Onetti, Rulfo y Vargas Llosa (ya los leí a todos, a Rulfo doble). Todos ellos, en algún momento de sus vidas, tuvieron que trabajar para vivir, pero la literatura era una fuerza tan poderosa y tan bella y tan mágica que no les permitía dejar de escribir. Y así, pues, querido diario, creo que entendí lo que la maestra Espergesia me estaba diciendo. No importa qué hagas o quién seas. No importa si tienes dinero o eres pobrísima. No importa si has estudiado o nunca pusiste un pie en la escuela. La literatura es como una fiebre inesperada que llega y se queda, una enfermedad muy bonita y muy dolorosa que toma tu cuerpo y tu mente y te esclaviza y a ti no te importa porque disfrutas de ese sometimiento. Antes me daba mucha vergüenza dedicarles tanto tiempo a los libros (hasta la señorita Cayetana me decía: «Chequita, la literatura sólo te va a traer desgracia»), pero ahora, gracias a la maestra Espergesia, negarlo sería negar aquello que me conmueve y me da vida y me pone feliz, ¿me entiendes?

Es bajo ese espíritu creativo que escribí mi cuento. Y si tengo que amanecerme para hacerlo de nuevo, como cuando tengo esa urgencia medio rara de soltar las ideas y las emociones acumuladas, con un cafecito bien cargado después del trabajo ¡sí que se puede! Porque así me salió este relato literario donde aparecen Paul Vicente (que se llama Ramiro) y la señorita Cayetana (que se llama señorita Manuela) y también la Chequita (que me llamo Lupe o la Lupita). Es la historia de un triángulo amoroso. Es la historia de una infidencia que genera una traición entre gente que en la vida real no se mezcla ni se toca. Claro, en mi cuento sí que se tocan (y bien tocaditos), pero la gracia es que no se sabe si es realidad o sueño. No voy a decirle a mi maestra (por roche) que algunas de las cosas que siente la Lupita se parecen a las que sentía la Chequita cuando la señorita Cayetana se quedaba a dormir aquí (ya no lo hace), y era bien parecido: tocaba y sobaba y se pegaba calientito por detrás pero podía ser sueño (aunque se sentía como que no). Y la Lupita se hace la dormida y quiere preguntarle a la señorita Manuela qué le pasa, si tiene frío o miedo o malos sueños, pero no quiere que se detenga y entonces no le dice nada: que toque y que sobe y que se pegue calientito nomás.

Tampoco voy a contarte todo el cuento. Los escritores no están para eso (dijo la maestra). Sí quiero que sepas que escribir fue una forma silenciosa de recordar. No sé nada de Paul Vicente (ha pasado un año desde que me enteré lo de la mensa-cochina, y aunque antes llamaba a diario, igual ya no lo quiero de vuelta), y de la señorita Cayetana no sé qué pensar: un día es la de siempre y al otro se parece tanto a la señora Hilaria cuando se vuelve mala gente. A veces me acuerdo del señor Richard y también del señorito Ken y pienso que su vida sería muy distinta (mejor) si ambos siguieran en ella. Pero quién sabe, las cosas cambiaron mucho por aquí, aunque la gente no tanto. A veces parece que siguiera el gobierno de Fujimori (que estaba en Japón y acaba de llegar a Chile, aunque hay gente, como mi mamá allá en Tumbes, que dice alegre que el Chino vuelve). La dictadura se acabó y los peruanos estaban contentos, pero luego parece que se olvidaron muy rápido y ahora mismo hasta el señor Alan García (que no se fugó a Japón sino a Francia) puede ser presidente otra vez. La dictadura se terminó pero no se fue (dijo la maestra, afligida, respirando con ruido). Justo terminé de leer una preciosa novelita del señor escritor mexicano José Emilio Pacheco que ella me prestó *(Las batallas en el desierto,* se llama) y que trata de un joven enamorado de la mamá de su amigo Jim. Es una historia del descubrimiento doloroso del amor. Es una historia que habla del amor en un país descompuesto donde todo es odio (¡qué bonita me salió esta frase!). La novela es sobre México a finales de los años cuarenta, pero creo que tranquilamente podría hablar del Perú de ahora. Seguro que por eso la maestra quería que la leyera. Para recordar. Para no olvidarme de lo que pasó hace poco por aquí. «Me acuerdo, no me acuerdo», dice el joven al inicio de la novela, pero es mentira porque él se acuerda de todo. Y sobre el final (te lo cito): «Terminó aquel país. No hay memoria del México de aquellos años. Y a nadie le importa: de ese horror quién puede tener nostalgia.» Él no tiene nostalgia pero quiere saber. Demolieron todo (su escuela, su casa, su barrio) y él necesita saber qué pasó con Mariana, su amor arrebatado y platónico, la mamá de Jim. Quiere saber pero no puede. Ésa es su tragedia, querido diario.

Se acuerda y no se acuerda.

DOS. LA PARTE DE UBALDO MARTÍNEZ

Ubaldo, qué nombre tan rancio, tan feo, tan de abuelo que se rejuvenece sin decoro ni elegancia. Ubaldo Martínez, el nuevo, ahí, delante de todos los colegas, con el pelo engominado y el traje azul marino de corte inglés. Parecía una de esas personas que anuncian su carácter con la vestimenta, los gestos y la postura corporal. Más que a su nuevo trabajo, parecía que se iba o venía de un coctel. Cuando Danilo Marinetti lo presentó como nuevo integrante de la Unidad de Investigación, Ubaldo alzó el cuello con prestancia, sacando pecho tras la corbatita escuálida con una altivez que, por su sonrisa fulgurante, podría malinterpretarse como amigable. Por ahora era un desconocido sin trayectoria, un intruso de gafas finas y costosas que llegaba a la redacción de *Caras* con una impecable carta de recomendación y el currículum engordado con engaños y mentiras difíciles de rastrear.

¿Cuántos años tendría?, se preguntó Cayetana Herencia. ¿Cuarenta? ¿Cuarenta y cinco? El doble que ella, sin duda. Eso o un poquito más. Su buena presencia no era indicativo de nada. Su físico, incluso con los adornos y el disfraz de dandi, le parecía anodino. Era blanco, alto, flaco y fibroso en las extremidades, aunque un poco panzón. Tenía el rostro rectangular, alargado, casi sin pómulos, su barbilla era tan ancha como su frente. Llevaba, además, el pelo muy corto por los costados del cráneo y una media melena lacia, con coquetas pelusas canosas, que siempre fijaba con cera y peinaba hacia atrás. Sus labios eran poco atractivos, resecos, ridículamente pequeños como los de un niño. Sus ojos marrones, claros y ligeramente hundidos, ocultos tras unas ojeras redondas y oscuras que lo asemejaban a un oso panda, daban la falsa impresión de una continua lasitud. Más que guapo era un hombre que se hacía atractivo y sabía contrarrestar cualquier carencia física con delicadeza y buen gusto.

La primera impresión de los periodistas del equipo sobre él no fue negativa sino burlesca. Ese primer atuendo de matiné privada en el Club Nacional –que Ubaldo no vestiría otra vez– fue suficiente para que Paperitas, el fotógrafo más antiguo de la revista, lo bautizara como «Ubaldito, el pudiente». Ese apodo, sin embargo, no le duraría mucho. Si el primero era cochinero pero amical –costumbre sagrada del periodista peruano para agarrar confianza–, el segundo («Chicle») nacería de una impresión negativa que pronto se transformó en rechazo y, algunos meses más tarde, sin la unanimidad que ameritaba el caso, en abierta condena, en desprecio, en confrontación.

Martínez, a juicio de los colegas y los editores, era un periodista mediocre que escribía con los pies. Editarlo era una calamidad tortuosa, decían todos, de eso no había la menor duda. Para Ubaldo, el periodismo era una labor policiaca. Su método de investigación se resumía en cazar primicias bajo cualquier método para beneficiar o hundir públicamente a quien fuera necesario. No hacía nada gratis y siempre, de alguna u otra forma, terminaba cobrando por todos lados. Una primicia sin compensación económica era una tontera, una estupidez sin sentido, una pérdida de tiempo del carajo, confesaba, sólo ebrio o duro.

¿Para qué le servía Martínez a una revista como *Caras*, que durante diez años se había enfrentado tenazmente a la dictadura, que se había ido casi a la quiebra cuando el fujimorismo, en represalia, le había volado toda la publicidad estatal y gran parte de la privada? ¿En qué contribuía a su prestigio, ganado a pulso en sus más de cincuenta años de existencia, la figura sinuosa de un coleguita oscuro y corrupto como Ubaldo Martínez?

Para Danilo Marinetti, el mítico y obsesivo director, y para los editores y periodistas que se habían formado bajo su influjo, ésas eran preguntas retóricas, de estudiante primerizo, ingenuas hasta la torpeza. Ningún semanario podía sobrevivir en el medio sin alguien que supiera manejar las fuentes y conseguir las pepas. Más que periodista, Martínez era una herramienta, un puente para facilitar y promover delaciones secretas. Un policía con carnet de prensa: el raya que hacía el trabajo sucio y aceptaba ese mutuo rol utilitario por el que *Caras* perdonaba sus corruptelas si éstas se traducían en destapes. Los Martínez del periodismo peruano sólo servían por sus contactos y por la forma en que se habían entrenado para agasajarlos, persuadirlos, favorecerlos o manipularlos. Ubaldo, en ese sentido, era todo un profesional: estaba enganchado con la policía, con las Fuerzas Armadas, tenía topos en el narcotráfico, soplones en distintas bandas criminales, era conocido por los militantes y dirigentes de varios partidos políticos (se rumoreaba que había entrado a *Caras* por su proximidad con el APRA, un partido que Marinetti sentía cercano) y, sobre todo, en la turbia cofradía de los bribones, tenía contactos y redes con varios funcionarios, abogados y jueces del Ministerio Público y el Poder Judicial.

Su primer gran triunfo en *Caras* fue resucitar, en plena campaña electoral de 2001, la investigación sobre el famoso «Día perdido» del candidato Alejandro Toledo.

La historia, según la versión oficial, era ésta:

El 16 de octubre de 1998, Toledo sufrió un secuestro al paso. A las ocho de la mañana, dos camionetas negras interceptaron su automóvil Honda y lo plagiaron en la avenida Nicolás Arriola. El economista se dirigía a una conferencia en el Hotel Los Tallanes. Su esposa, la señora Eliane Karp, fue rápidamente alertada y se comunicó con la policía. Al descubrir distintas operaciones bancarias hechas desde la cuenta de su marido (el retiro de altas sumas de dinero de un cajero automático y la adquisición de diversos artículos en la farmacia Deza de San Isidro) se alertó a la División Antisecuestros de la Policía Nacional (DIVISE). La resolución fue rápida y confusa. Los afectados prefirieron no sentar ninguna denuncia ni exigir una investigación de lo ocurrido. Después se supo que Toledo había sido drogado y probablemente se había convertido en el protagonista inconsciente de un video pornográfico. La misma Karp, en una entrevista con *Caras*, señaló que toda esa maniobra podría haber sido orquestada por el Servicio Nacional de Inteligencia (SIN) del régimen fujimorista para desprestigiar a su esposo, quien estaba a punto de lanzar su candidatura a la presidencia.

La importancia de Ubaldo en una investigación que, en pleno 2001, a pocos días de la primera vuelta, no era otra cosa que un refrito, llegó por sus contactos secretos con los agentes de la DIVISE. Frente a la posibilidad de que Toledo terminase disputando la presidencia con Alan García en una eventual segunda vuelta, era imperioso que el APRA moviera sus fichas. Ubaldo era una ficha y ya estaba en *Caras*. Marinetti, un periodista respetado, inteligente y sensato, cuyo paradójico embeleso por Alan siempre fue un profundo enigma, con los documentos que desbarataban la versión oficial del secuestro, ofreció a Toledo una entrevista que el candidato rechazó.

Tras este desaire, la verdadera historia sobre el «Día perdido» de Toledo salió publicada en *Caras* el 22 de marzo. La nota de Ubaldo (que no escribió Ubaldo, pero que intentó escribir) apareció dieciocho días antes de la elección. Su aporte al destape fue doble: el acceso a la nota policial de la DIVISE (del mismo 16 de octubre), y la revelación de un certificado de la Clínica San Pablo que, a través de un análisis de sangre y dos de orina, señalaba que Toledo había dado positivo en cocaína y en un barbitúrico hipnótico llamado fenobarbital.

La clave para esclarecer lo ocurrido a Toledo ese día fue el parte policial de los agentes de la DIVISE que refutaba, de manera tajante, las tesis del robo y el secuestro.

En cuanto al robo: gracias a las declaraciones de Mario Zamora Quintana, empleado de la farmacia Deza, la policía comprobó que la compra de la ropa y los artículos de tocador había sido efectuada por tres mujeres con la tarjeta de crédito de Toledo. Zamora declaró haberlas acompañado hasta el Hotel El Escarabajo en La Victoria, en donde el mismo Toledo firmó el *voucher*. No había –agregó– ninguna evidencia de presión o coacción alguna contra el candidato. Esta misma operación se realizaría otras dos veces en el Hotel Melody de Surquillo, establecimiento en el cual Toledo permaneció hasta las ocho de la noche.

En cuanto al secuestro: tras la denuncia de Karp, la DIVISE notificó la situación a la central de Radiopatrulla, que lanzó una alerta general. A las nueve de la noche, el operativo dio resultados: la policía encontró el Honda de la presunta víctima frente al Hotel Queen, en el cruce de las avenidas Carlos Villarán y Nicolás Arriola, muy cerca del lugar en el que, según la primera versión, habría sido secuestrado. La sorpresa fue mayúscula cuando, de uno de los pasillos del hotel, aturdido, cabizbajo, mirando el piso, surgió Alejandro Toledo asegurando que todo había sido un terrible malentendido y que tenía que hablar con su mujer. Negó haber sido víctima de secuestro, dijo haberse reunido con unos amigos hasta las ocho de la noche y, sobre el dinero retirado del cajero automático, declaró que estaba destinado a cubrir algunas emergencias económicas. La presencia de un barbitúrico hipnótico como el fenobarbital en su organismo sirvió para especular sobre la eventualidad de que el candidato hubiese sido «pepeado» por las tres misteriosas mujeres que, según los testigos, habrían pasado todo el día con él.

Con la ubicación y las declaraciones de Toledo, la DIVISE dio por finalizado el operativo. El jefe de la división, comandante Jaime Malpartida Wong, firmó la nota policial que, tres años más tarde, Ubaldo recibió y convirtió en proeza del periodismo de investigación. Ya estaba. No había nada más que probar: Ubaldo se había graduado con honores y su permanencia en *Caras* había quedado asegurada. Se quedó cuatro años y tres meses. Nunca ascendió. Ni siquiera lo intentó. Renunció con una sentida carta que le escribió un amigo columnista del diario *Expreso*. Los principales motivos de su partida, señalaba Ubaldo en el documento dirigido a Marinetti, eran «la posibilidad de abrirse nuevos horizontes en el exigente y riguroso ejercicio del periodismo» y su «genuino anhelo de seguir creciendo tanto en su vida intelectual como en la profesional».

La partida de Ubaldo de *Caras* en 2005 no generó otra cosa entre los periodistas que indiferencia y alivio. Sería recordado como un advenedizo y un inmoral por unos pocos, y como un tramposo y un hampón por todo el resto. Casi nadie recordaba, sin embargo, por qué de «Ubaldito, el pudiente» había pasado, tan rápidamente, a ser conocido con el tosco apelativo de «Chicle». Tampoco se lo decían directamente, pero así lo reconocían todos en la revista: desde el portero y la recepcionista hasta la señora

Zoila, que traía café y merienda por las tardes y, en su cuaderno de cuentas, lo tenía apuntado como el señor «Chicle Martínez».

—Lo de Chicle se lo pusieron por lambiscón —dijo Paperitas—. Parece un chicle, anda todo el día pegado a la suela de las tabas de Marinetti. A ése no le creas ni un carajo. Aquí va de modosito, de galán, de buena gente. Afuera es otro, pregúntales a los fotógrafos y verás. Es un trepa, un tremendo granputa. Suave con él, Galletita: mejor de lejos.

Galletita: así la llamaba el viejo fotógrafo desde que la conoció. Un apodo dulce que a Cayetana le gustaba y le daba risa. En la redacción, era Paperitas el único depositario de sus confidencias y el encargado de disipar todas sus preguntas. Fue él también quien, desde el inicio, cuando fue presentada como practicante, le anticipó crudamente lo que estaba por ocurrir:

—En este agujero, van a intentar levantarte hasta los fantasmas. Tú tranquila, chotea sin piedad. O acepta si quieres, pero no te confundas, nunca te confundas. Si les crees la mitad de lo que dicen, ya te jodiste. Tengo treinta años en esta pocilga, Galletita, ya lo vi todo diez veces.

Se lo dijo así, sin mirarla, con el tono casual de quien confunde adrede un consejo con una advertencia. Al oírlo, Cayetana no supo qué responder, la información le había llegado tan de repente que enmudeció. Muy pronto, sin embargo, se dio cuenta de las implicancias del aviso de Paperitas cuando Tito Mendizábal, el editor de culturas, un hombre casado desde hacía ocho meses, se acercó a proponerle «unos pisco sour en el Maury».

—Quería, si te parece, Cayetana, hablar del último cierre, de esta edición, que ha salido muy paja, ¿no?, de tus progresos también, lo estás haciendo bien de puta madre, hasta Marinetti me lo ha comentado, y, claro, de todo un poco, de las comisiones, de los colegas, de cómo te está yendo aquí en *Caras*, no sé, de lo que me quieras contar...

Del pisco sour nocturno en los hoteles históricos al cafecito orgánico en las alamedas de la Plaza Mayor, de los vales de canje para los restaurantes más exclusivos de Lima a los pases de prensa para los mejores conciertos, de unos ricos tronchos «para ver una pela tranquis en mi jato» a un par de rayitas en la fiesta de aniversario de la revista, Cayetana los vio desfilar a casi todos con ofrecimientos y proposiciones de todo calibre: su compañera practicante, tres de los cinco fotógrafos, seis de los diez periodistas, los tres editores, los dos publicistas, dos colaboradores célebres que pasaban a dejar su recibo cada semana, incluso el entusiasta y discreto Adolfo Marinetti, el hijo mayor del director, quien fungía de editor general y al que pocos, para miseria de don Danilo, tomaban en serio.

Algo aceptó, rechazó todo el resto. Los colegas le inventaron un novio celoso para justificar sus desplantes. Alguno, por ahí, el más recalcitrante y nervioso, la trató de «chibola cojuda y tortillera» y juró haberla visto en una disco de ambiente en Miraflores. En broma, hablando de juego, entre comentarios sueltos, Cayetana podía ser tratada de «sobrada», «engreída» y «calentona» sin que asomara la menor objeción. A ella estas teorías, más que enfadarla, la divertían. Era entretenido, pensaba, descubrir la forma como gente inteligente podía volverse tosca y arrogante por un amable «no, gracias». Despreciaba la egolatría y la autosuficiencia del intelectual delicado que era capaz de desmoronarse por algo tan inofensivo como un rechazo. Lo que esto mostraba, el extraño placer que le producían esos misérrimos espectáculos, era algo que todavía no era capaz de verbalizar. Lo sentía, lo percibía, se hacía cada vez más patente dentro de ella cuando crecía esa sensación de estafa y de hastío y de pérdida de tiempo. Tantos libros, tanta teoría, tantas horas de clase, tanta discusión, ¿para qué? La mitad de la gente que conozco está destruida. La otra mitad sigue cavando en nuestra miseria para entender qué pasa. Y se caen, se enferman, se cansan, se asquean, se quitan la vida, ¿de qué sirve todo eso? Nos queda el cinismo, la hipocresía, la vulgaridad de seguir insistiendo. Nos queda la abdicación o la indiferencia. Seguir viviendo, si quieres. Resistir la vida pero sin la tortura de descubrir lentamente que todo es un fraude.

Ya no quería pensar. Si seguía por esa senda dolorosa, terminaría de nuevo volviendo a Richard. ¿Qué pensaría tu padre si estuviera vivo, Cayetana, si descubriera este progresivo desapego, esta renuencia a seguir avalando muchas de las convicciones y luchas con las que te había educado desde niña, desde que te aceptó como hija? ¿Sería una traición? ¿Un castigo contra su ausencia? Esas dudas, ese tedio, esa indolencia, ¿no eran, acaso, la muda expresión de tu tristeza, de esa infinita melancolía que flotaba en tu cuerpo ahogándote, cortándote la respiración? ¿Y cómo se hacía para disipar esa memoria obstinada, ese recuerdo profundamente doloroso que volvía a tu realidad convertido en compunción y fantasmagoría?

No había respuesta. No podía haberla. Veintiún años apenas y el duelo contenido surgía como un vértigo súbito que amenazaba con desvanecerla: esa ansiedad repentina, ese dolor punzante que se sentía como una boca de aire en el pecho, una ráfaga helada que se independizaba de su cuerpo y respiraba sola, esos intempestivos cambios de humor que fueron debilitando su buen talante, el llanto que surgía de la nada y no entendía y parecía tan absurdo y la hacía odiarse por evidenciar su debilidad. Algo no marchaba bien, algo ahí dentro estaba descompuesto, Cayetana, ¿pero qué era? Hilaria empezó a notarlo y presionó a su hija para ir a un psicólogo, el amigo de una colega, hija, sé que no te gusta la idea pero estoy preocupada, Cayetana, te lo pido en serio por favor, hazlo por mí. Y lo hizo, aceptó, no tenía ninguna disposición a escucharlo y fue a hacer el simulacro y a decir que entendía. Aguantó sólo un mes. Dejó de asistir sin avisarle a nadie. Era buena gente y todo pero no lo necesitaba, mamá, ella podía sola, ella siempre había sido fuerte, y tampoco había plata para eso, con tu sueldo y el mío no siempre alcanza. No era verdad. Si bien no vivían con holgura, nunca faltó nada en casa de doña Hilaria, pero a veces a Cayetana lo que había le sabía a poco. Ese lado ambicioso que andaba dormido, que aparecía subyacente y sólo podía leerse entre las líneas de sus comentarios, sus ocurrencias y sus chistes, empezó a manifestarse y a salir a la superficie de a pocos, conforme el desconcierto y la congoja ante el luto silenciado fueron produciendo grietas en su comportamiento. La Chequita fue la primera en notarlo y también en sufrir un ligero distanciamiento. No se preocupó. Eran probablemente los indicios de algo natural: una etapa de su desarrollo personal, de la formación de su temperamento. Tampoco era que hubiera cambiado tanto. Es cierto que la Chequita la admiraba por la complicidad y el cariño que siempre le había demostrado, incluso físicamente –esas cositas de amigas, esos jueguitos inofensivos que permanecían en secreto–, pero si algo la deslumbraba, si algo buscaba imitar de la señorita Cayetana, era su inteligencia y su agudeza y su fina intuición y esa capacidad tan irreverente que tenía para restarles importancia a todas esas virtudes con gracia y frescura.

    Cayetana, sin embargo, en esas pequeñas crisis que sobrevenían cuando parecía estar más tranquila, no pensaba en esas cualidades como si pudiera perderlas. Estaban ahí y las asumía con esa «conciencia crítica» de la que hablaba Richard cuando quería explicarle a su hija cualquier cosa.

Incluso en los momentos de mayor turbación, cuando no encontraba respuestas coherentes y la locura de sus pensamientos terminaba yuxtapuesta a la ronca voz de su padre (una voz que podía escuchar siempre, desde las tinieblas de su cabeza, con sólo evocarla), incluso entonces, Cayetana tenía la capacidad y la disciplina de mantener la calma por fuera y mostrarse serena para los demás. No era hipocresía sino pundonor. «Incluso en las derrotas se llora a solas», le había dicho alguna vez su padre. La procesión, si aparecía, se llevaba por dentro.

Era paradójico. Esa fortaleza tan atractiva que exhibía Cayetana había sido configurada, en gran parte, por los consejos, los ademanes y las costumbres de Richard. De su madre, había sacado el coraje y la obstinación para defenderse ante cualquier ataque o peligro, pero también ese pragmatismo que Hilaria había necesitado para sobrevivir en Lima. Lo que se debilitaba, lo que seguía languideciendo en ella, era esa ideología heredada con la que empezó a ver el mundo y bajo la cual tomaría sus primeras decisiones. Nunca se sintió del todo afecta al comunismo (además de dirigente sindical, Richard era militante del Partido Comunista Peruano), pero admiraba el tesón y la vehemencia con que su padre defendía sus ideas y convicciones. Todavía era muy joven para entender las implicancias de todo lo que Richard le enseñaba. Lo básico quedó. El desengaño, sin embargo, fue incontenible cuando arreció el alcoholismo, cuando la dictadura lo dejó en la calle y cercenó la resistencia sindicalista. Richard Herencia se murió pronto: un cáncer que evolucionó rápidamente se lo llevó en cinco meses. Cayetana, doña Hilaria y la Chequita estuvieron asistiéndolo en su agonía hecha de recuerdos delirantes, gritos y llanto. Cayetana acababa de cumplir dieciséis años. El nefasto espectáculo de la muerte del hombre al que más quería fue devastador, pero se mantuvo quieta y tranquila cuando falleció. No permitió que nadie la viera llorar. Por dentro, no obstante, ella también moría.

En *Caras* duró dos años. La joven espigada de piel canela y sonrisa grácil que nadie pudo conquistar, cuyas elogiadas notas, columnas y entrevistas hacían presagiarle un futuro brillante en el periodismo, a pesar de los reclamos confundidos de los editores que no entendían la lógica del viraje, dejó la revista para trabajar en un banco. Tenía veintidós años. Seguiría escribiendo, de cualquier cosa, en una de las revistas institucionales de su nuevo trabajo. Ganaría más dinero, sin duda, pero el leve prestigio acumulado pronto se esfumaría. «¡Mundo loco!», dijo Marinetti con gesto hosco, acariciándose el cuello blanco y nervudo, con la carta de Cayetana en el regazo. Imitaba, como de costumbre, la frase del personaje de Onetti para dar a entender que no estaba de acuerdo pero no haría nada al respecto. Todos los colegas, de alguna u otra manera, se mostraron sorprendidos y decepcionados con la decisión de Cayetana. Que una pasantía en *Caras* terminara en un banco era casi una afrenta. El único que no expresó ningún lamento y, por el contrario, se acercó breve y respetuosamente a Cayetana para felicitarla fue Ubaldo Martínez.

Desde la primera vez que la vio, en el mismo instante en que llegó a la redacción de la Plaza de Armas con el traje de fiesta, mientras los colegas lo miraban entre incrédulos y divertidos, así como se mira al mono del circo que se anuda la corbata, Ubaldo quedó cautivado por la joven practicante de rasgos suaves y armónicos que miraba el suelo con desgano. Por más que lo intentó no pudo dejar de mirarla con perverso deleite. Parecía tan frágil, tan tenue, tan inocente. Una chiquita pubescente que cruzaba los brazos sobre los pechos respingones y dibujaba círculos imaginarios en el suelo con la punta del zapato, como una niña candorosa que se aburre en misa. Ubaldo se volvió loco. Por cada largo vistazo que echaba sobre ella, la realidad que falseaba le devolvía la imagen de una doncella inmune y vulnerable de labios infantiles, largas pestañas y luminosos ojos grises: una muchachita encantadora por la que sintió de golpe un deseo enfermizo.

Cayetana se dio cuenta rápidamente de esa mirada fría y ansiosa que se posaba sobre ella. Le molestó sentirse intimidada por quien apenas tenía pocos minutos en la redacción y parecía más interesado en ella que en el protocolo de recibimiento. El rechazo fue automático. Estaba acostumbrada a esa forma de acoso que, en segundos, avanzaba de la observación paciente al grosero ofrecimiento; de hecho, le era tan familiar ese hostigamiento que sabía de memoria cómo cortarlo en seco. En sus fueros internos, Ubaldo fue catalogado de viejo asqueroso y, en adelante, más allá del saludo educado y lacónico, tratado con puntual displicencia. Los pronósticos de Cayetana sobre su futuro accionar no fueron, sin embargo, los correctos. Si algo hizo bien Ubaldo desde que llegó a *Caras* y se erigió, de manera sigilosa, en achichinque oficial de Marinetti, fue ganarse la confianza de quienes tenían el poder de decisión (Marinetti y su hijo Adolfo) y la simpatía de quienes intervenían, de una u otra manera, en el quehacer diario de la revista (desde el portero hasta la señora Zoila, la de los lonches: todos tenían una opinión muy positiva del generoso «Chicle»). Su maniobra de posicionamiento fue inteligente y sutil: Ubaldo tenía el don de la seducción, engañaba encantando. Desde la fineza del atuendo hasta la afabilidad de sus maneras, Ubaldo representó con propiedad el papel del periodista festivo, galán y altruista que no sabía escribir. Fue, desde luego, el primero en enterarse de que Paperitas le había puesto «Chicle» y prefirió soportarlo en silencio. Ni lo asumió ni lo protestó: aprendió a ignorarlo. Cuando el apodo surgía en el ambiente de la redacción, miraba a otro lado, se hacía el sordo o se iba al baño. Era evidente que, a esas alturas, para todos los colegas, él era –siempre sería– el «Chicle» Martínez, y cualquier queja o protesta de su parte sólo hubiera servido para abrirle un flanco débil y perjudicar su imagen.

Algunos meses después de su renuncia, se cruzó una noche con Paperitas en el bar del Chino Tito, la popular taberna del jirón Quilca en el centro de Lima. Lo vio de lejos, medio ebrio, hablando a gritos con dos mujeres que le parecieron feas y repugnantes. Estaban en el segundo salón del bar, en una mesa abarrotada de botellas de cerveza sobre la que colgaba la foto del actor arequipeño Hudson Valdivia. Ubaldo no tenía prisa, sus amigos del partido ya se habían ido. Tenía planes pero decidió aplazarlos por un par de horas. Se pidió otro chilcano, se colocó las gafas y cruzó las piernas para leer el periódico mientras esperaba pacientemente que la vejiga de Paperitas se llenara. Cuando el fotógrafo se puso de pie y avanzó balanceándose hacia el baño, Ubaldo dejó unas monedas sobre la mesa, guardó las gafas en el bolsillo de la camisa, y se dirigió hacia él.

–Buenas noches, Paperitas, ¿te acuerdas de mí? –le dijo sonriéndole con desprecio, mientras se remangaba la camisa con extraña delicadeza. Los dos se quedaron quietos y equidistantes, midiéndose como si fueran dos vaqueros en el preludio de un duelo.

Pese a su borrachera, Paperitas supo comprender el peligro, leyó con precisión la complexión desigual, el frenesí de sus ojos rencorosos, los diez o doce años de juventud a favor del otro. Por raro que parezca, también pensó en su cámara fotográfica (¡cuánto le hubiera gustado capturar el momento de esa demencia en un encuadre vertical, contrapicado, perfecto!). ¿Qué quedaba por hacer para que el daño no fuera tan severo, Paperitas? El espacio turbio del baño, con la luz pálidamente amarilla y los urinarios insalubres de mayólicas blancas, presagiaba la peor calamidad. El viejo y escuálido fotógrafo previó dos caminos de posible liberación (romper el pequeño espejo sobre el lavatorio o pedir auxilio gritando), pero ambos se le antojaron de una cobardía insostenible para su honestidad callejera. No pudo pensar más. Ubaldo lo madrugó con una patada en los testículos y un puñete en el mentón que lo hizo caer con los brazos abiertos. Ya en el piso, recogido sobre sí mismo como un largo feto, recibió una rápida descarga de golpes que pudo resistir a medias, cubriéndose la cara con los antebrazos. El «Chicle» no dijo nada. Golpeó parco y silencioso, metódicamente, con el puño derecho hacia abajo como si estuviera martillando un clavo. Enseguida lo arrastró del cuello de la chaqueta hasta el retrete y, empujándolo con fuerza de los cabellos, hundió su cara en el excusado dos veces. Más que ahogarlo quería humillarlo. Cuando lo dejó tranquilo, Paperitas estaba tendido en el suelo con las piernas dobladas, parecía un trapo humano que temblaba mientras respiraba por la boca con desesperación.

–Hoy tuviste suerte, Paperitas, ya me lo agradecerás luego... No te preocupes, quedamos parches. –Se lo dijo con un tono amical, como si acabara de ganarle una partida de póquer–. Eso sí: una sola palabra de esto, a quien sea, y date por muerto, viejo conchatumadre.

Ubaldo se tomó unos segundos para lavarse las manos, mirarse la piel de la cara en el espejo y acomodarse la camisa. Luego salió tranquilo. Paperitas se quedó en el suelo, inmóvil, esperando que alguien entrase al baño para ayudarlo a moverse. Salvo un dolor en las costillas, que luego se descubriría como una fractura, no hubo mayor daño físico. Desde que renunció a la revista, le habían llegado runrunes distintos sobre la cercanía de Ubaldo Martínez a un partido político. Algunos decían que era el APRA. Otros aseguraban que se trataba de una de las nuevas organizaciones fujimoristas (Sí Cumple o Nueva Mayoría) que, pendientes de lo que pudiera ocurrir en Chile tras la detención de su líder, trabajaba en la campaña presidencial y en la vuelta al Perú del ex dictador Alberto Fujimori. Del incidente, Paperitas no dijo nada en *Caras*. Y aunque más de una vez, sano o ebrio, se descubrió fantaseando con una venganza sangrienta, nunca hizo el menor intento por llevarla a cabo. Por el contrario, fue constante y disciplinado en sabotearlas todas hasta que un buen día decidió que, a esas alturas de su vida, ya no valía la pena.

Cayetana, por su parte, aun cuando siempre lo mantuvo a distancia y siguió al pie de la letra el consejo de Paperitas («Suave con él, Galletita: mejor de lejos»), contra todo pronóstico aceptó mantener un leve contacto profesional con Ubaldo que empezó tras un repentino ofrecimiento para «acceder o agilizar cualquier trámite o información que necesites, en el momento que quieras». ¿Cómo era posible que Cayetana permitiese aquel acercamiento? ¿No había sido suficiente la nefasta impresión que tuvo desde el inicio? ¿No estaba acaso advertida de la hipocresía y la peligrosidad de ese hombre siniestro y poco confiable? ¿Qué había ocurrido para que cambiase de opinión?

Una posible respuesta podría considerar la estrategia urdida por Ubaldo para contrarrestar el primer paso en falso. Tal y como se dieron las cosas, de ese modo fatal y mágico con que llegan los hechizos para modificar las costumbres, lo que Ubaldo sentía por Cayetana era tan fascinante que no dudó en tildarlo de amor loco: algo nuevo y embriagante que tocaba y afectaba a cada uno de sus nervios con una electricidad fresca. Tenía diez años de casado con una mujer atractiva, paciente y responsable, ocho años más joven que él. Tenía una hija cariñosa, de apenas cinco, a la que dedicaba su tiempo libre y complacía con sinceridad y devoción. Tenía, en suma, eso que todos reconocen como una vida familiar y burguesa de compras en el supermercado, vacaciones fuera de Lima, una pequeña casa en el balneario de Punta Negra (que obtuvo como pago por chivatearle algo grande a un narco), y fines de semana en el cine o el centro comercial. Viendo películas de gángsteres italianos en Nueva York y Chicago (sus tres favoritas eran *Buenos muchachos* y *Casino,* de Martin Scorsese, y *Los intocables,* de Brian de Palma), Ubaldo comprendió que uno tenía que hacer lo que pudiera para ganar dinero y disfrutar la vida a plenitud, pero respetando *siempre* una ley sagrada que podía resumirse en tres reglas:

1) No poner nunca a la familia en riesgo,

2) Amar y proteger a los hijos por sobre todas las cosas, y

3) Preservar, a toda costa, la unidad y el orden del hogar en el seno de la comunidad.

Es cierto que Ubaldo no era mafioso, sino un periodista embustero en un país donde no existían las reglas patriarcales de los clanes criminales de Italia o Estados Unidos; sin embargo, más allá de su cercanía con delincuentes informales de toda calaña, sentía una debilidad tan grande por ese orden de códigos que buscó adaptarlo a su vida privada y profesional. Tenía amantes frecuentes (todas menores, ninguna llegaba a los veinticinco), era asiduo a los exclusivos nightclubs de la zona comercial de San Isidro, consumía cocaína y whisky dos o tres veces por semana, tenía una Colt Anaconda de 44 milímetros en su mesa de noche, y solía usar su casa de Punta Negra para agasajar a todo aquel poderoso que pudiera darle algo a cambio. Su principal negocio era la información. Al mismo tiempo, era capaz de volverse loco y violento en cualquier lugar (en público ocurrió más de una vez), si algo inesperado lo hacía ausentarse de una sola de las actuaciones de su hija en el colegio o si veía algún gesto de mínima descortesía (de alguien, cualquiera) hacia su esposa.

Su vida, pues, mientras hacía lo necesario para seguir acumulando dinero y poder, parecía constituida, incluso le parecía meritoria y bien encaminada. Dentro de ese esquema —pensaba Ubaldo pensando en Cayetana—, no había tiempo para una mariconería tan infantil y estúpida como enamorarse:

«¿Enamorarte tú? ¿Estás cojudo, Ubaldo, o qué tienes? Déjate de pensar en huevadas. Lo que busca esa pendejita coqueta sin saberlo es una figura protectora, algo así como un papá que se la tire duro y luego le acaricie el pelo antes de dormir. Seguro que no tiene padre o se murió o es una desgracia de ser humano. Cáchatela fuerte, mínimo un par de veces. O tenla ahí si quieres, dale lo que pida un rato pero, por favor, no pierdas la cabeza por esa chibola que no vale la pena.»

Los pronósticos de Ubaldo, las advertencias que resonaban premonitorias en su mente para desalentarlo, no sirvieron de mucho. No supo en qué momento ese capricho se salió de control y se convirtió en obsesión. Lo llamaba «amor loco», y podía identificarlo porque, a veces, con sólo verla se sentía complacido y risueño como un adolescente. La indiferencia hostil de Cayetana ni siquiera le sirvió para entrar en razón. Todo lo contrario: conseguirla, con los meses, se volvió un desafío que más tarde se transformaría en una cuestión de honor. No tenía apuro, podía esperar. Tampoco tenía nada que perder. Convencido del rechazo que su primera imprudencia produjo, pero atento a la avalancha de invitaciones que Cayetana recibió y rechazó casi al mismo tiempo, Ubaldo entendió que la única carta que le quedaba por jugar era la de la distancia.

Marinetti, Paperitas y él fueron los únicos que no tuvieron ofrecimientos de ningún tipo para la practicante. Cayetana quedó amargamente sorprendida. No se trataba de Ubaldo sino de ella misma. No entendía cómo el «viejo asqueroso ese» se había convertido, por obra de magia, en un caballero sutil y educado. ¿Tanto habían fallado sus presagios? Le dolió el ego. Ese rechazo inesperado le generó ansiedad. Ni siquiera parecía tan viejo, en realidad. ¿Cuántos años tendría? ¿Cuarenta?, ¿cuarenta y cinco? El doble que ella, sin duda. Eso o un poquito más. A lo mejor aquel día lo malentendió todo (el expresivo borboteo de su boca, la lujuria de esos ojos palpitantes, la sonrisa congelada de dientes afilados y numerosos); de repente, no había sido así y estaba cansada y simplemente exageró. En realidad, no importaba mucho. Salvo las anécdotas y los chismes que le traía Paperitas sobre su aparente doble vida, a Cayetana todo lo relacionado con ese señor al que llamaban «Chicle» le daba exactamente lo mismo.

Por esa misma razón, nadie entendió muy bien qué pasaba por su cabeza cuando, luego de tres años, ya como editora adjunta de la revista bancaria y con grandes posibilidades de seguir ascendiendo, Cayetana renunció al banco de manera intempestiva y aceptó la oferta de trabajo que le extendía su antiguo colega, el periodista Ubaldo Martínez. Laboraría, bajo sus órdenes, como parte del equipo de prensa de uno de los treinta y seis congresistas electos que el APRA había conseguido en las elecciones de 2006, proceso que culminó con el retorno a la presidencia del cuestionado líder aprista Alan García Pérez.

El más afectado con la increíble noticia fue Paperitas. El viejo fotógrafo, que lo había visto todo diez veces, se sintió traicionado, herido hasta el punto de imaginar teorías conspirativas sobre la golpiza que le había propinado Ubaldo. En todas aparecía Galletita como buscona y delatora;

pero también estaban las otras, las paranoicas, esas que llegaban cuando andaba alcoholizado y negro. Eran simples y punzantes porque siempre repetían la misma escena: él en el piso sangrando; Ubaldo, con la rodilla sobre su pecho, rompiéndolo a golpes; Galletita detrás de sus hombros, silente y curiosa, mirando cómo lo golpeaban a contraluz, con una media sonrisa que parecía de beneplácito. «Una pastrulada», se decía luego Paperitas, cuando volvía la sobriedad. Tenía que dejar, ya mismo, la bebida y la merca. A veces se preguntaba si, en el fondo, todo ese resentimiento no sería producto de algo parecido a los celos, pero luego se sentía plenamente cojudo de sólo pensarlo. Igual no le habló más. Una vez, algunos años más tarde, se la cruzó en el centro de Lima. Acababa de almorzar con uno de los nuevos practicantes, salían satisfechos de una pollería en el Jirón de la Unión y, sin creérselo del todo, la vio a diez metros de él: ahí estaba Galletita, más linda que antes, más mujer, acercándose presurosa y contenta, con los brazos abiertos. El instinto del fotógrafo se impuso antes y, cuando ya estaba por tocarlo, zafó el cuerpo hacia atrás, como si esquivara un puñete. Cayetana abrazó el aire, trastabilló para no caerse. El *click* de la cámara, disparada a pulso cuando volteaba, capturó su desconcierto. «No te acerques de nuevo», le espetó Paperitas tensando los ojos, con el despecho más áspero. Luego tomó al intrigado practicante del brazo y lo jaló con vehemencia, como si fuera su hijo. Cayetana se quedó estática, aterrada, sin saber qué hacer, con unas ganas horrendas de ponerse a llorar.

No volvieron a verse. Paperitas reveló y amplió la foto de ese último encuentro. Se la llevó a su habitación de la avenida Abancay. No la dejó en el cuartito de los archivos. La tenía al costado de su cama, guardada en la mesa de noche. A veces la observaba. Por la composición, por el equilibrio y el contraste de luz, por la inmovilidad de Galletita que sugería, al mismo tiempo, oscilación y abatimiento, por la expresividad inescrutable de ese bello y joven rostro, sorprendido y triste, le parecía una de las mejores fotos que había tomado en toda su carrera. Nunca la expuso. Prefirió excluirla del catálogo que le hicieron en la última de sus exposiciones en vida. Cuando lo encontraron muerto en su casa, en el verano de 2015, su familia vino desde Ayacucho para enterrarlo y llevarse sus pertenencias. Los hermanos de Paperitas aceptaron la oferta de donar todo el archivo personal a *Caras* sin perder los derechos. El negativo de esa imagen que nadie había visto no estaba incluido en el archivo. La foto de Galletita, que lo acompañó hasta el día de su muerte, se quedó en la mesa de noche.

TRES

Si ya sabes cómo fue eso, Aníbal, ¿para qué me pides que te lo cuente otra vez? Sabes bien que me jode... Sí, lo sé, es por el sueño, claro. De ahora en adelante voy a empezar a olvidarme que sueño y a ver cómo haces... Deberías preguntarme si la he vuelto a ver. La respuesta es no. Deberías preguntarme si he intentado volver a verla. La respuesta también es no. Si te soy sincero, ya me llega al huevo lo que pueda pasar con Cayetana, pero entonces dirás que los sueños me desmienten y volveremos al principio. No sé de ella. Abandonó mi clase. De un día para otro dejó de hablarme y no volvió a responder ninguno de mis mensajes. Cortó por completo toda comunicación. Insistí e insistí hasta que me cansé. Al principio tuve miedo de que lo hiciera público. O eso creí. Pensé que lo más duro sería el escándalo, todo el rochezaso que se hubiera armado. Y quedarme sin trabajo, claro, eso también. Luego me di cuenta de que me daba igual. Que se enteraran, que me botaran si quisieran, yo estaba en otra. Lo único que necesitaba en ese momento era comprender qué había pasado, ¿me entiendes? ¿Por qué carajo se había quitado esta huevona? ¿Por qué me había cagado así, de esa manera tan hija de puta, Aníbal?, ¿alguna vez te pasó? Seguro que sí, tú también fuiste profe y todos los colegas que conozco han pecado, por lo menos una vez. No es que lo vayan contando por las calles tampoco. Se les sale. Un día, así en confianza y con tragos, parece que lo tuvieran atracado en el pescuezo y de la nada, ¡pum!, te lo sueltan. Sin embargo, hay otros. Ésos no se hacen ningún roche. Son tan conchudos que hasta teorizan al respecto. Te recuerdan la pederastia griega como una tradición aristocrática educativa y luego te piden que no los malinterpretes. Es sólo un ejemplo, te dicen, de cómo el amor, más allá de que fuera entre adolescentes y hombres maduros, entre aprendices y maestros, tenía un componente pedagógico y, para los chicos, era un privilegio. Son el despelote, seguro tienes a alguno de esos loquillos pederastas por aquí, ¿estás aceptando sacerdotes en consulta, Aníbal?... Es un chiste por si acaso. Ríete por favor, estás muy serio hoy... ¿Culpa? No, no siento culpa. De repente todo esto me ha vuelto un poco cínico. Ahora mismo no sé qué siento pero estoy mejor. Yo no busqué a Cayetana, lo sabes bien, pero dirás que, inconscientemente, sí lo hice; y ya, pues qué chucha, supongamos que lo que dices es cierto, digamos que fui yo el que propició todo y la presionó para que aceptara, dime, ¿de qué me sirve eso ahora si igual se fue? No tengo culpa. Tenía rabia antes, estaba furioso. Ahora me da lo mismo, creo. Ni siquiera era contra ella sino contra mí mismo. Le mostré algo que no quería ver y se asustó. Era normal que huyera, todavía es joven. Le conté lo de mi amigo Jaime Velásquez. Todo, absolutamente todo. Los años de militancia, la ejecución de su primo en San Bartolo, su desaparición, todo lo que hice buscando al terruco que nos jodió. Tú ya sabes todo eso, Aníbal, pero si quieres te lo cuento de nuevo y así me explicas el próximo sueño... ¿Si sigo molesto? No, no. Disculpa, no sé qué me pasa. No he estado pensando en eso. De hecho, tengo una idea que me da vueltas. Quiero salir del Perú, por un tiempo. Me estoy animando a dejar la uni e irme a París. Hay una maestría allá que me interesa. En realidad quiero salir nomás. Lo único que me detiene hasta el momento es lo del «camarada Manuel», el delator de Jaime. No me mires así, por favor, Aníbal. Bien lo sabes: si algo pienso hacer en esta vida antes de morirme, es encontrar a ese conchadesumadre. Hay nuevas pistas sobre el «camarada Manuel», justo de eso quería hablarte hoy. De eso y de algo más. No te preocupes, no me voy a desviar: volvamos a Cayetana. Te dije la verdad, no sé de ella, no la he visto desde que me choteó; todo eso es cierto pero la historia es un poquito más complicada. O sea, tengo primicias. No la contacté directamente, pero algo en mí, digamos medio patéticoparanoico, me llevó a indagar en su vida, a rastrear qué estaba haciendo, con quién estaba, adónde salía por las noches y ese género de cosas que hace un adolescente masoquista con el corazón roto. Se había metido con otro estudiante de mi clase. No se demoró ni dos semanas. Peter Cisneros, sobrino o nieto de Luis Jaime, un cojudito posero y pretencioso que va por la Cato de revolucionario y poeta. Sé lo que estás pensando. Y sí, es posible que esté siendo un poco injusto con ese muchacho. No es tonto pero lo será: tonto y peligroso. Tú eres un hombre de izquierda, Aníbal, sabes bien de qué hablo, tú lo viviste. Cisneros está estudiando sociología, fue uno de los líderes de las marchas contra Fujimori. Dale tres o cinco años más y no tengo ninguna duda de lo que pasará. Tiene todo el molde del estudiante progresista que consigue un buen trabajo y manda todo a la mierda. Con suerte, terminará de liberal. Sin suerte, se volverá secretamente facho. En ambos casos va a trabajar para tumbarse todo aquello por lo que luchaba cuando se sentía revolucionario y profano... Es amable Peter, ¿eh? El típico flaco posero, desgarbado y pelucón con mochilita incaica y toda esa parafernalia barranquina, ya sabes: un huevonazo. Es buena gente, eso sí, de repente un poco garrulo, pero sabe tocar canciones de Sui Generis con la guitarra. No es burla, Aníbal, todo bien con eso, pero debo confesar que la elección de Cayetana me resultó decepcionante. Lo soportó tres o cuatro meses nomás. Y ahora que lo pienso, es gracioso que me alegre porque conmigo estuvo menos tiempo... ¿No vas a preguntarme cómo me enteré de todas estas cosas, Aníbal? Sí, claro, deberías. Eres un gran terapeuta pero como detective serías un fracaso. Éste es el momento en el cual propongo volver a tu pregunta sobre la culpa. Convendría quizás matizar, elaborar, pensarlo otra vez. Si quieres despreciarme, no te sientas corto: hazlo. Lo merezco y lo asumo. Ya lo había hecho antes. Si no te lo conté fue porque temí que pudieras interceder y entonces... Verás, Aníbal, como bien sabes, la partida de Cayetana me dejó mal, estaba tan hecho mierda que, no sé, en ese estado decadente medio que me llegó la creatividad. Pensaba en cómo acercarme a ella sin hacerlo, o sea, sin abordarla, ¿me entiendes? La angustia era una mierda, no me dejaba en paz. Ni las pastillas me calmaban. Un día, al final de una clase, se me acercó una alumna de la misma forma como lo había hecho Cayetana. Así, igualito. Me preguntó una tontería. Le respondí rápido. Ya se estaba yendo y de pronto, sin pensarlo, agregué otra cosa y me sonrió. Corrijo. Dije «sin pensarlo» pero no es cierto: pasó en segundos pero lo pensé muy bien. Su nombre es Sandra Venturo y yo sabía perfectamente que conocía a Cayetana. De hecho, estaba al tanto de que ambas eran parte de uno de los colectivos de la Cato, el que organizaba las marchas, el tal Peter también estaba ahí metido... Imagino que intuyes lo que pasó. Hasta ese día nunca me había puesto a pensar en lo sencillo que era todo ese proceso. No fue, desde luego, la única.

Tampoco fueron muchas, no te infartes. En algún momento creo que me aburrí o me cansé, o ambos... Oye, Aníbal, ¿alguna vez te fijaste en la mueca que haces con los labios cuando algo te incomoda?... ¿Que no te incomoda nada? Vaya. Igual tienes un tic, así como si estuvieras enjuagándote la boca pero sin agua... Ya. Tienes razón. No, no, disculpa, era para relajar un poco el ambiente, pero no siento voluntad de tu parte, y como ya vi que quedan sólo veinte minutos de consulta, mejor prosigo... Sandra era pelirroja, bajita y delgada, pálida como un pollo hervido, de rizos largos. Tenía la cara redonda, con pecas y hoyuelos. No voy a profundizar en los detalles de su cuerpo, no te preocupes. Pero hay uno que, sin duda, llamaba la atención. El contraste entre su cuerpo, breve y huesudo en las extremidades, y sus senos, más bien inflados, robustos. Parada al lado de Cayetana era una caricatura: una enanita graciosa y flácida, tetona sin poto, de rasgos finos pero infantiles, que, muy al estilo Peter, llegaba a clase disfrazada de muchacha casual y compleja. No era, sin embargo, muy lúcida, no al menos en mi curso. Era más temperamental que inteligente y solía defender con ardor cosas que no entendía del todo pero le sonaban correctas. Todo lo que supe sobre Cayetana lo supe por ella... ¿Si la usé? Bueno, no lo pondría de esa forma, Aníbal, pero ya que mencionaste antes lo de la culpa, quizás podría reconsiderarlo. No obstante, sería ingenuo pensar que Sandra era completamente inocente y ajena a lo que pasaba, y si me apuras un poco, te diría que incluso se me acercó adrede. Desde la primera vez que tomamos un café, por lo que decía de Cayetana y por la manera en que lo decía, me di cuenta de que entre ellas había algo insólito, digno de tu cómodo diván. Me había equivocado: no eran amigas. Sandra decía no querer mucho a Cayetana y Cayetana parecía no hacerle mucho caso. Sospecho que eran celos o envidia de la pelirroja. Y también se me ocurrió que Sandra estaba al tanto de todo lo que había ocurrido entre Cayetana y yo. Lo sabía, por supuesto, y quería exactamente lo mismo. Era una manera de probar que yo era un sinvergüenza inescrupuloso y de probarse que ella también podía tirarse al profe. No fui yo quien la usó, en todo caso nos usamos los dos... ¿Viste qué interesante se pone todo el cuento, Aníbal? Espérate que hay más. Ya me lo diagnosticarás luego. Una noche compramos vodka, unos porritos de marihuana y nos metimos a un hostal en Magdalena, por la Costa Verde. Ya habíamos tirado, estábamos desnudos en la cama, volados y borrachos. Recuerdo que hasta había un espejo en el techo. Una locura. Ahí estábamos, calatos y extenuados, sudando, mirándonos cagados de la risa, sabiendo que al día siguiente teníamos clase. Fue la primera vez con ella que me olvidé de Cayetana. No era que hubiera empezado a querer a Sandra, no. Eso era imposible para ambos. Pero estaba cómodo, mucho más tranquilo de lo que había estado en meses. Era agradable mirarnos en el espejo sin hablar, escuchando el ronco sonido del mar... Sí, como te dije, estábamos frente a la Costa Verde. El hostal quedaba al final de la avenida Brasil, junto a la virgen esa con cara de ruca, la que da vueltas, ¿conoces? Es la bajada de la playa Marbella en Magdalena. No íbamos a quedarnos a dormir pero hubiéramos podido. Sandra prendió otro troncho. Yo ya no quise. Me contó, entonces, sobre una fiesta en Barranco, por la Bajada de los Baños. Era la casa de otro chico de su promoción que no ubico. Cayetana llegó con Peter pero parecía que la relación ya estaba tensa. Algo había oído. Se dedicó a lo suyo. Chupar, fumar, bailar mucho, sobre todo sola o con sus amigas. «Yo bailo y me arrebato, entro en trance», recuerdo que dijo, eso le gustaba. Se agarró a un pata que luego ya no le gustó. Lo choteó rápido. Alguien le dijo que

Cayetana y Peter se habían mechado medio feo afuera y él se había ido asado. Ni le prestó atención. Estaba zampada y alegre y ya le llegaba «a la punta de la teta» lo que hiciera ese par. Me lo dijo así. Hasta se pellizcó un pezón con los dedos mientras lo hacía. Yo me moría de risa. No recuerda cómo pero de un momento a otro, entre la masa de danzantes que se movía zigzagueante sobre la terraza, Cayetana llegó a estar frente a ella y le sonrió. También iba ebrísima. Se sentaron para hablar, en plan aclare, en buena onda. Y Sandra recuerda que lo estuvieron haciendo un buen rato, pero sólo se acuerda por partes de lo que se dijeron. «Estaba muy linda, Cayetana, con su vestido blanco de tirantes. Ella es regia, Mateo, se parece a Pocahontas, ¿no?», dijo Sandra con una sinceridad algo triste. Cayetana le dijo que se había hecho tarde, Peter ya no estaba, podrían compartir un taxi. Sandra aceptó. Salieron como zombis, tomadas del brazo, eran como las cuatro o las cinco de la mañana. Aunque avanzaban de lado, Cayetana prefirió rechazar las ofertas para escoltarlas. «Mi mami viene a recogernos, gracias, chicos», mintió. Tomaron el taxi en la avenida Bolognesi, justo al frente del bar La Noche. Sandra se moría de sueño, la cabeza se la caía hacia delante. «No te duermas», le dijo Cayetana, y luego la besó en la boca y Sandra se dejó besar. Sus cuerpos ya no se separaron hasta que el taxista frenó en la puerta del hostal Carlos Tenaud en Miraflores. Ése era el hostal al que yo llevaba a Cayetana, Aníbal. No creo que fuera casual. De hecho, me alegró saberlo. No sé si esto interese pero igual te lo cuento. Mirándome a través del espejo, Sandra empezó a relatarme lo que pasó. No hablaron casi. Cayetana la acariciaba y, al mismo tiempo, recorría con la lengua las partes de su cuerpo que, poco a poco, iba desnudando. «Yo nunca había hecho algo así», me dijo. «Cayetana sí, me di cuenta al toque, por la forma de tocarme: todo lo que me hizo era intenso y se sentía rico, demasiado rico», me dijo agitándose, y supe, entonces, adónde quería llegar. «Me besó acá y por acá y me hizo besarla aquí. Y también por aquí, ¿lo ve, profe?, aquí metió su dedito y, luego, también su lengua», me dijo, señalando y acariciando cada parte... No es un relato erótico, Aníbal, aunque es cierto que, a veces, escribo así por huevear... ¿Qué pienso yo? No lo sé. Recuerdo, sí, que el relato de Sandra, de alguna forma, me alivió, pero no sabría explicarte cómo. Ya tú me dirás, Aníbal... Después de ese día, Sandra y Cayetana no volvieron a hablarse y Sandra no supo decirme por qué. No se mostraba arrepentida de lo que pasó. Estaba como indolente. Con nosotros pasó lo mismo: fue la última vez que tuvimos algo. Ninguno dijo nada. Ninguno reclamó. Seguí siendo su profe hasta el final del curso. Alguna vez hablamos de cualquier cosa con amabilidad. Llegó el verano. Se acabó el ciclo. Dejé de verla. Imagino que ya se graduó. No sé qué será de ella. Alguna vez me la he cruzado en la universidad. Un saludo cordial, a veces una sonrisa, siempre de lejos. De Cayetana supe que es periodista. Lo descubrí no hace mucho, de casualidad. Estaba en la sala de espera del dentista. Tomé una revista y leí una nota en *Caras* sobre el Festival de Cine de la Católica. Me quedé huevón cuando vi su firma al final. Era un artículo estupendo y estaba muy bien escrito. No me sorprende. Siempre las brillantes suelen ser las más locas..., ¿tú qué piensas, Aníbal?

CUATRO. LA PARTE DEL DANDI

Desde la primera vez que lo vio le pareció un tipo bobo y presumido. El típico zoncito que se jura irresistible y cree que todos piensan lo mismo. A pesar de ser guapo, para ella se afeaba por engreído, por caminar por los pasillos como bueno, alzando la mandíbula y moviendo rítmicamente los hombros como si avanzara sobre una alfombra roja. Parecía uno de esos surferitos en invierno que se creen serios porque van al trabajo con gafas y un blazer ceñido sobre la camisa abierta. Cayetana juraba que era hijo de alguno de los directivos y estaba ahí en algún puesto inventado, buscando probarle al padre que no era del todo inútil. Para ella, en realidad, no tenía mayor importancia. Nunca había hablado con él y, dejándolo todo a su intuición, esperaba no hacerlo.

Es cierto que era popular entre las mujeres del banco. Incluso las casadas bromeaban con eso del «*quickie* solapa con el chibolo». El chibolo era mayor que Cayetana por cinco años pero podía, tranquilamente, pasar por su coetáneo. Tenía el rostro flaco y anguloso, en forma de diamante. Sus rasgos eran finos y tendían a la simetría: la nariz recta, los ojos almendrados, los labios carnosos, la barbilla marcada, los pómulos estrechos. Su pelo castaño era lacio y corto, y llevaba ese peinado caótico que en inglés se dice *spiky*, con los mechones en punta hacia arriba, moldeados con cera en distintas direcciones. Era alto –unos cinco o diez centímetros más grande que ella (1,70, descalza)–, y su piel blanca estaba siempre bronceada, como si recién acabara de llegar de la playa. Por su forma de vestir, tan refinada y llamativa, con prendas costosas que despertaban admiración y generaban pálidos imitadores entre los compañeros del trabajo, a Nancy Torrejón, la más versada del área de finanzas, se le ocurrió llamarlo el «Dandi». El apodo, sin embargo, no fue tomado como admirativo ni laudatorio por todos. Había quienes, sin estar al tanto de sus implicancias, daban por hecho que «dandi» era una forma sutil y juguetona de llamarlo «gay» sin ofenderlo. Tanta sofisticación distraía, hermano, no era normal aquí en la chamba, decían: «Varón delicadito para vestirse, maricón fijo.» Las habladurías, sin embargo, esos cotilleos alevosos que llegaban a la oficina después de los eventos y las fiestas institucionales, entrevieron un diagnóstico distinto. Entre las solteras, decían, el Dandi se hizo pronto de amantes casuales y amigas cariñosas, y en el cuchicheo indiscreto de los baños femeninos fue digno protagonista de un par de esos populares *«quickies solapas»*, intensos y duros, de pie o sentado en el retrete de un baño de hotel. Los reticentes dudaban, recelaban ceñudos, se mofaban de todas esas historias apelando a los remilgos y a un afeminamiento notorio que sólo ellos percibían en quien, de algún modo, los humillaba. La popularidad del Dandi no era, pues, absoluta. Menos, entre los caballeros que tenían más años y experiencia en el banco y no veían con buenos ojos el éxito repentino de ese mocoso advenedizo.

Afortunadamente supo darse cuenta a tiempo. Su destreza para subsanar cualquier resistencia fue despertada por esa ambición que se convertiría pronto en una seña de identidad. Llevaba bien la discreción, entendió rápidamente que la admiración de los demás crecía y maduraba mejor bajo el halo de una serena prudencia. Jamás, en el trabajo, dijo una sola palabra de las correrías sexuales que no cesaban de atribuirle. Prefería pasar por tímido aunque fuera inverosímil. Esta moderación, sin embargo, era mucho más activa y diligente cuando se trataba de su trabajo. El Dandi no era, como intuía Cayetana, un mal funcionario ni había entrado enchufado por nadie. De hecho, era uno de los asesores financieros más productivos y diligentes de toda el área comercial. Sus superiores estaban contentos con su trabajo. Tenía excelentes comentarios y las mejores referencias de los clientes más poderosos, por lo que era requerido con inusitada frecuencia. Salvo algún imprevisto, su jefe le pronosticaba un rápido y fructífero ascenso.

En estas circunstancias, su tarea de enmendar esa imagen de libertino que había dejado pasar con cierta complacencia no parecía tan ardua. Como si fuera parte de su trabajo de análisis, con diagramas y cuadros en Excel, planteó una estrategia corta y fulminante para retomar la confianza de aquellos que lo detestaban pero podían serle útiles en el futuro. Para el Dandi era evidente que esos cuatro o cinco coleguitas malquistados con él ponían por delante la tirria que les producía su soberbia. En pocas palabras: si lo odiaban por donjuán, lo aborrecían por pedante. Ninguno de ellos pensaba realmente que fuera homosexual; no tenían, sin embargo, otra herramienta que la calumnia para defenderse de aquel que les enrostraba –sin proponérselo– lo miserables y carentes que eran sus vidas. Si el sostén de su aversión era la envidia, la única manera de neutralizar ese sentimiento era acercándose a ellos con camaradería y falsa docilidad. Para él, que vivía impostando y sabía cómo seducir hasta a las piedras, nunca fue difícil la simulación. Por sentido común, comprendía que no existía descortesía invulnerable a la lisonja. Lo que hizo, entonces, fue ejercerla, de manera imperceptible, en dos fines de semana de bares y discotecas en los que invitó más de una ronda de chilcanos y puso sus dotes de conquistador empedernido al servicio de los nuevos amigos.

Como había vaticinado, todos le parecieron toscos y ordinarios hasta para los chistes. Todos, salvo uno. Se llamaba Óscar Vich, era el típico gordito monstruoso de lentes que fue el chancón de la clase y se había quedado calvo en plena pubertad. Aunque, desde el inicio, le había parecido el más lerdo y huevón, Vich supo distinguirse pronto por el fervor casi religioso que mostraba hacia la cocaína. Fue eso, y la generosidad tan sincera que empleó para invitársela, lo que supo convencer al Dandi de que valía la pena contar con él.

La vida del Gordo Vich, además de su trabajo en el área de finanzas, se podía resumir en tres placeres que iba perfeccionando con paciencia y dedicación:

1) Las putas. Era cliente preferencial en Las Cucardas (el popular «Las Cuquis») del Cercado de Lima; si era su cumpleaños o le había caído un bono, se iba a Las Suites Deluxe de Barranco o al Emmanuelle en San Isidro, a poquísimas cuadras del banco.

2) La pornografía rara. Siempre entre humanos vivos –la zoofilia o la necrofilia, por ejemplo, le parecían repugnantes–; sus categorías preferidas eran: «Enanos», «Interracial», «Vieja+Joven», «Sado» y «Abuelas», pero disfrutaba mucho también de esos videos mal actuados donde había gente común –como él– que era abordada en las calles e invitada a participar de orgías frenéticas con personas enmascaradas de todas las edades, o a poseer a una chica preciosa, insaciable y deseosa en la parte trasera de una furgoneta.

3) La cocaína. Su *dealer* principal, el Macha, le había llegado gracias a una gentileza de uno de los directivos del

banco que era su pata: ya fuera «alita de mariposa» o el mentolado «aire acondicionado», la coca que llevaba encima siempre era de calidad. Compraba dos o tres gramos cada quince días. La pagaba en dólares.

Si bien la mitad de su sueldo la empleaba en estos vicios, la otra parte la usaba para pagar las cuentas y mantener la casa familiar en Surquillo en la que todavía vivía con sus padres (su cuarto aún tenía los afiches decolorados del *Appetite for Destruction* de Guns N' Roses y las fotos de su viaje de promoción). En el banco, Vich era uno de los más empeñosos y ordenados (ganó dos veces el premio «Funcionario del Año») y tenía la fama de ser buen amigo, alguien que podía oír por horas a quien quisiera ser escuchado. Como no tenía esposa ni novia, a veces prefería quedarse haciendo horas extra y hasta disfrutaba amaneciendo en la oficina los días de auditoría interna. El Dandi solía encontrárselo en la cafetería del banco y merendar con él. De los cuatro otrora disidentes, el Gordo Vich fue el único con el que trabó una amistad sin simulacros y fue también, gracias a él, que su costumbre de jalar en el baño en horas de oficina se hizo recurrente.

Subsanada ya toda resistencia, integrado al ambiente del banco, con sus eventos y sus cocteles y sus Días de la Madre y sus competencias deportivas, sin abandonar la moderación pero bajando el ritmo de esos episodios amorosos que nunca dejaron de darse, el Dandi percibió de pronto el tedio de una rutina que empezaba a agobiarlo. No era el trabajo en sí. Le gustaban los números y los cálculos y el análisis de los perfiles de riesgo y el desafío que implicaba elaborar buenas estrategias para que sus clientes percibieran los mejores beneficios. Le fascinaban las relaciones sociales, el glamour y el codeo exclusivo al que tenía acceso tanto con la gente rica y famosa del jet set limeño como con los empresarios emergentes que controlaban los grandes emporios de la capital. Mientras él tuviera poder de decisión sobre algunas de las gestiones del banco, lo quisiera o no, sería beneficiario indirecto de esas inversiones millonarias que ya empezaban a multiplicarse en un país convaleciente que acababa de salir de una penosa dictadura. Para él, sin embargo, era claro y paradójico que muchos de los que se acercaban a pedir su asesoramiento y ahora se congratulaban en voz alta con la caída de Alberto Fujimori eran los mismos que, durante diez largos años, se habían beneficiado y enriquecido apoyando su régimen autocrático desde que disolvió el Congreso.

No era tampoco que aquello lo mortificase. Aunque se consideraba demócrata y hasta había considerado marchar contra la dictadura en sus años universitarios, el Dandi no se identificaba con ninguna ideología política y sabía que la actitud proselitista era funesta para su profesión. Eso no le impedía, sin embargo, percatarse de toda la hipocresía que reinaba entre la gente que lo empleaba (el dueño del banco, sin ir muy lejos, era protagonista de uno de los «vladivideos» que se tumbaron al régimen), y entre los empresarios que lo alababan y lo invitaban a comer. En el fondo, pensándolo fríamente, tenía que darle lo mismo. Igual se divertía. Igual aprovechaba. Igual aceptaba las invitaciones a cenas y fiestas y nightclubs exclusivos de parte de sus dueños. Era imposible no ser un poco cínico en esas circunstancias donde todo parecía estar corroído desde la raíz. Lo insólito, por curioso que parezca, era una ley personal que el Dandi se había autoimpuesto y respetaba de manera escrupulosa: no aceptaba sobornos (ni mordidas ni porcentajes ni regalos ni viajes ni ofertas de trabajo) de nadie. En asuntos que comprometieran su desempeño dentro del banco, el Dandi era sencillamente incorruptible. Eso también era vox pópuli. En las salidas de negocios: aceptaba, comía, chupaba, jalaba, hacía contactos y gozaba como el que más; en las horas de oficina: era obsesivo y perspicaz en los análisis financieros y conseguía rentabilizar sin problemas el dinero de sus asesorados, pero siempre bajo la consigna de que su empleador principal no eran ellos sino el banco.

Una sola vez estuvo a punto de quebrar su ley. Se dejó seducir por uno de sus clientes: un empresario de cara risueña y ojos juntos que siempre aparecía vestido de blanco y por el cual sentía una especial consideración. Se llamaba Rafael Orezzoli y era nieto de un popular bodeguero italiano que llegó a La Punta a inicios del siglo XX. Orezzoli se había hecho millonario con el negocio de las meretrices de lujo: era el reconocido dueño de Las Suites Deluxe de Barranco, uno de los nightclubs más exclusivos de Lima. Era un hombre cincuentón, de estatura mediana, flaco y huesudo. Resaltaba por su amplia frente en forma de pala, sus orejas toscas y prominentes, su nariz aguileña. Su pelo, áspero y cano, de tan escaso parecía de lejos un peluquín. Aunque no era físicamente atractivo y podía, de un momento a otro, volverse déspota y abusivo con las prostitutas del negocio, en el espacio público Orezzoli era bien considerado por su afabilidad, sus modales exquisitos y su habilidad para tomar las decisiones correctas. El Dandi le tenía simpatía porque se reconocía en él: en sus gestos, en su ambición, en esa forma tenue y controlada que tenía para manipular a la gente sin que se diera cuenta.

«Quien quiera hacer negocios en el Perú, si quiere sobrevivir, si quiere tener alguna posibilidad de éxito como empresario, tiene que amoldarse a quien mande. Te lo digo así, directo. Con o sin dictadura, aquí todo está torcido y seguirá torcido quién sabe hasta cuándo. Hay mucha gente, por ejemplo, que habla de mi cercanía con el Doc. Mal, pues: no hay tal cosa. Era un cliente como cualquier otro y se volvió el hombre más poderoso del Perú, ¿qué iba a hacer? ¿No dejarlo entrar? Je. A Montesinos yo le cerraba el local por cien mil dólares y él me los pagaba al contado. No pedía ni rebaja. Sólo tenía que llamarnos. El servicio ya estaba al tanto: lo que el Doc pidiera tenía rango de orden. Solía ser martes o miércoles y el loco ese traía de todo. Ni te imaginas... Pasu macho, ¡qué tales recuerdos! ¡A quién no he visto yo pasar por aquí! Nómbralo y verás que aquí estuvo. Congresistas, jueces, procuradores, rayas, comandantes, actores, cantantes, cómicos, futbolistas, narcos de varios países..., ¿qué no habré visto yo, ¡por Dios!? Y era generoso, ¿ah? Una o dos putitas por cabeza, mínimo..., aunque, claro, el Doc también era goloso y siempre quería sus cuatro chibolas para él solito. Nunca entendí cómo terminó metido con la bruja esa loca horrenda de la tele si aquí sólo pedía carne fresca. A veces se loqueaba y organizaba Fiestas Romanas, que eran como orgías con todas las de la ley, bacanales descomputantes con harta vaina en bandejas. Cien mil cocos, imagínate, ¿y yo le tenía que decir «no, gracias»? Je. Dan risa. La gente habla porque tiene boca... Ah, desde luego, esto que te cuento, hermano, es confidencial. Es para que saques tu línea nomás. Igual tú me inspiras confianza, eres buen chico. Si algo aprecian mis clientes es mi discreción. Tú sabes que en Las Suites se trata de eso. La mitad de las chibolas que ahora están saliendo en la tele bailando como Las Destructoras o Las Bravas, creo que se llaman, esas mismas hicieron su semillero aquí conmigo. Dentro de mi palacio pasa todo y es lógico pues, es normal que nadie quiera que le hagan roche. Los clientes entran ocultos, incómodos, tapados como si fueran delincuentes y en autos que a veces ni siquiera tienen lunas polarizadas. Todo lo pagan en efectivo para que sus mujeres no los sorprendan, pero siempre, con putas riquísimas, uno necesita más y más billete, eso es de ley. Se olvidaron de sacar o les llega al huevo sacar y no quieren salir. Rafael, me dicen los que me conocen, ¿dónde está el cajero? Y Rafael se siente terriblemente inútil y triste porque en Las Suites todavía no hay algo tan simple como un puto cajero. ¿Te parece eso lógico? Ahí estamos perdiendo... Disculpa, ¿te apetece otro whisky? Ése es el que le gustaba al Cholo de Oro cuando venía, pero no te preocupes que yo tengo una caja en la despensa, tranquilo. ¿Algo de comer quizás? No te sientas corto, pide con confianza nomás... Pérate: ¡zambo, dile a doña Hortensia que saque otro piqueíto como el que nos trajiste!... Entonces, como te decía, está ese temita del cajero que ya se está volviendo un dolor de cabeza para mí, la verdad. ¿Cómo es posible que todavía no puedan instalarme uno aquí? Eso del código contra la moral del banco debería ser negociable, ¿no te parece?... ¡Hombre!, ni que el mío fuera un negocio chueco. Quizás ahí necesite una mano, una ayudita. Si sale, lo celebramos aquí: te doy mi palabra. Una fiestita-a-lo-Montesinos, ¿ah?, ¿qué tal? Hacemos algo así como un *revival* en honor al Doc, ¿qué te parece? Sería bacán. Podrías traer a quien quieras, una lista pequeña y selecta, claro, tú eliges a las chicas que te gusten... ¿Qué tal te suena eso, campeón?»

Le sonaba de puta madre y ya se había metido dos rayas gigantescas con Orezzoli —tremendas «cejitas de diablo» de merca exquisita–, así que la idea en ese momento tenía completo sentido. Algo dijo o prometió o aseguró, pero al día siguiente no recordaba bien qué era. Igual, al final de todo, declinó la oferta. Armó una estrategia para retractarse sin admitirlo del todo: librarla ileso significaba no perder a Orezzoli como cliente, pero, tal como lo intuía, fracasó. Temió lo peor. Una queja a su gerente territorial, de parte de un cliente tan importante como él, podía tumbárselo y el rango de las sanciones sería drástico: iba desde la llamada de atención hasta el despido. No obstante, dudaba de lo último. Estaban contentos con él. Botarlo así nomás, con el récord que tenía, por un negocio que finalmente protegía al banco, no era práctico: la liquidación les iba a salir más cara de lo que deseaban pagar. No era opción. Igual le molestaba todo el embrollo y las consecuencias que ocasionaba en su ánimo. Más que el error, lo que le parecía insoportable era la exhibición de ese descuido, la comprobación de que él también era falible, como aquellos a los que menospreciaba por débiles.

Orezzoli, por suerte, no hizo mucho. Fue más decente que el Dandi para respetar los acuerdos. No se extendió en razones, incluso hasta alabó su desempeño. El Dandi comprendió entonces que el respeto y la consideración que le profesaba eran mutuos. A veces, incluso, el empresario volvió a llamarlo por teléfono o a acercarse personalmente para hacerle alguna consulta. Nunca supo en qué momento consiguió el cajero que tanto anhelaba, pero años más tarde, cuando ya había abandonado el Perú, tras un atentado fallido que fue interceptado por la DIRINCRI en las inmediaciones del club Regatas, el Dandi se enteró de que su hijo y su ex esposa habían contratado a un sicario para asesinarlo.

Dante Orezzoli Echevarne cayó in fraganti junto a Mariano Hurtado Lingán, alias el Chacal, en un auto aparcado en la playa Pescadores de Chorrillos, a pocos metros de donde se encontraba Rafael almorzando con Mariela Echevarne Patrón, la madre del fallido parricida, por solicitud de ella. Los capturados llevaban encima municiones, cuatro armas de fuego, una foto de Rafael y dinero en efectivo.

«Mi hijo y su seguridad estaban en el Regatas esperándome. Y yo sabía que estaban ahí. No ha habido ningún intento de asesinato, señores, eso es completamente falso. No voy a poner ninguna denuncia», dijo Rafael Orezzoli ante las cámaras de televisión, a su salida de la Fiscalía. Cuando el Dandi lo vio por internet, sonrió complacido, moviendo la cabeza en un leve péndulo con gesto reblandecido. Pudo por fin comprender por qué el empresario del prostíbulo más famoso de Lima lo había protegido con su silencio. Por más que movió cielo y tierra para evitarlo, Orezzoli no pudo impedir que su hijo cayera preso. Su ex cónyuge, la señora Echevarne, sigue prófuga de la justicia. Las Suites Deluxe de Barranco continúa siendo el nightclub más reputado de la capital.

Fue precisamente Orezzoli –el ojo clínico de Rafael Orezzoli– el que detectó el rostro encantador de una jovencita grácil y esbelta a la que el Dandi no conocía ni había visto antes. Un descuido así, con una chica tan llamativa, era preocupante para quien iba por los pasillos del banco con el radar encendido. Se había relajado, había perdido un poco el pulso. Aquéllos eran los días farragosos de su decaimiento. Se sentía sumergido en un pozo oscuro que lo aletargaba y le producía el mismo bajón anímico que genera la cocaína al día siguiente: una lasitud abominable, una ansiedad constante que acecha y persigue, una extraña sensación pastosa de muerte en la boca.

–Buen amigo..., y ese lomito bien *taipá* que viene hacia aquí, ¿de dónde salió? –Orezzoli interrumpió sus reflexiones casi susurrando, con esa voz áspera y ronca que lo caracterizaba y solía ser parodiada por sus empleados. Arqueando las cejas, con los ojos despejados por la sorpresa, señaló el paso lento de Cayetana Herencia con un paneo perfecto que lo hizo ladear la barbilla de un hombro al otro.

Cuando el Dandi levantó la vista, alertado por los gruñidos perrunos que emitía el empresario, lo que vio delante lo dejó maravillado: el precioso semblante de una muchacha que desfilaba frente a ambos, un rostro curiosamente limpio que brillaba como si emitiera una leve irradiación. ¿Quién era esa chica? No llevaba uniforme ni portaba un *fotocheck* en la solapa. ¿Una clienta? ¿La hija o la esposa de algún directivo? No lo sabía. Se sintió dulcemente extrañado. Ninguna de las mujeres que había conocido en el banco tenía la majestuosa delicadeza de aquella chica. Qué estimulante era verla, ser testigo de esa distinción que exhibía sin alardes en sus gestos y en su andar cadencioso, con una mezcla precisa de coquetería y recato. Le pareció hermosa. Sí, hermosa, con esa desesperación romántica que siempre había considerado imprudente en los demás. Bella, desde las pestañas largas hasta el cuello flaco y perfecto. Linda, encantadora, radiante en sus adorables piernas duras y tornasoladas, en su culo levantado y firme, en esa piel canela iridiscente que no tenía que broncear artificialmente (como él) para que se viera atezada y fresca. Y su rostro, vaya, ¡qué cosa impresionante! Con los rasgos delicados y esos grandes ojos color caramelo que parecían trazados en acuarela, ¿cómo podía resistirse? En la imaginación infantil del Dandi, Cayetana Herencia era la encarnación dulce y enigmática de las princesitas de las leyendas andinas que, gracias a su nana, había escuchado de niño y todavía recordaba con alegría.

Si Cayetana hubiera sabido que ésa era la primera vez que el Dandi notaba su presencia, sin desearlo, contra su voluntad —que siempre era más débil que sus pulsiones—, se habría sentido decepcionada. Era contradictorio y lo sabía: si el cojudito ese le parecía despreciable, ¿por qué, entonces, le importaba tanto que la tomase en cuenta? No tenía idea. Ni siquiera se lo había planteado como interrogante. Las tres veces que lo cruzó (sabía que eran tres), había preferido ignorarlo físicamente volteando la cara o dándole la espalda. Esta vez, sin embargo, sintió nítidamente la presencia firme de su mirada inquieta y no pudo evitar el gesto adornado y cierto meneo ritual y femenino como de cortejo automático.

¿Cuántos de los vaticinios nocivos que Cayetana había lanzado sobre el Dandi eran ciertos? Sus primeras preguntas llegaron al mediodía, durante los refrigerios. Las planteaba camufladas, aprovechando algún chisme o comentario de otra compañera. Era muy hábil y disciplinada para no mostrar interés: mientras hablaba, mantenía relajados los músculos faciales en señal de indiferencia. Si soltaba una incógnita siempre lo hacía de rebote, como una extensión cortés a conversaciones en grupo en las que apenas intervenía. Le salía muy bien porque a veces ni siquiera fingía. Dentro de ella se libraba una batalla constante entre sus apetitos y sus principios de la cual no era del todo consciente. Atracción física hubo desde que lo vio –látigo de luz que impacta y aturde, como si le hubieran tomado una foto sin su consentimiento–, pero sólo se hizo real desde que resolvió ignorarlo. La aceptación tardó un poco y la tomó desprevenida porque se fue liberando, de forma pausada, en el mundo onírico de sus sueños. En todos ellos, el Dandi era igualito pero mayor, y ella le gritaba y le pegaba y lo humillaba y le pedía que se fuera pero él no se iba. Había violencia. Había reconciliación. Había juego erótico y sexo duro. Había placer culposo. Había cuidado y protección. Y junto a todo ello, ya en la vigilia, crecía la necesidad imperiosa de Cayetana por saber un poco más de él.

¿Qué averiguó?

¿Era hijo de alguno de los gerentes? ¿Se hizo acreedor a un puesto fantasma gracias al enchufe de sus parientes?

No. El Dandi se ganó el puesto por méritos propios. Es cierto que su madre había sido empleada del banco durante años y que aquello tuvo alguna incidencia en su consideración para el trabajo. Sin embargo, antes de ingresar, fue evaluado meticulosamente: pasó tres entrevistas, rindió exámenes, pruebas psicológicas, tuvo un periodo de prueba que aprobó de manera sobresaliente. Ascendió solo y con rapidez.

¿Era un surferito engreído que, a través de su ropa, buscaba aparentar seriedad?

Engreído y vanidoso, sí: egocéntrico hasta lo enfermizo. Su necesidad de ser admirado por los demás era un objetivo cotidiano que se reveló insaciable. Era egoísta, manipulador, hipocondríaco, pero su mirada fastuosa y canchera mostraba lo opuesto. No corría olas, lo suyo era el gimnasio y los partidos amistosos de squash. Ni siquiera tenía una tabla de surf y nadaba pésimo. Llegaba moreno al trabajo porque era socio de un centro de bronceado en Surco. Iba dos veces por semana.

¿Por qué decían que era homosexual?

Por envidia. No le molestaba que lo hicieran, de hecho le agradaba el juego ambivalente. Le decían amanerado porque les molestaba el cuidado que tenía con su vestimenta y su cuerpo. Era metrosexual por adopción. No era gay, no... ¿O quién sabe? Por lo menos, no dentro del banco.

¿Leía?

Ni por error. Le gustaba la música antigua, las baladas románticas del tipo Camilo Sesto y José José (su canción favorita era «El triste»). Tenía esta rara manía de analizar la letra de las canciones y darles un significado chocante que daba miedo y risa.

¿Sabía que le decían el Dandi?

Sí.

Pero en el banco nadie se lo decía en persona. Lo llamaban por su apellido, y cuando no estaba presente, lo reconocían simplemente por su apodo, que había conseguido desplazar por completo su nombre. Cayetana esperaba un típico nombre de familia pituca de Lima (¿Jay?, ¿Patrick?, ¿François?) y un apellido anglosajón o europeo meridional.

156

Cuando lo escuchó directamente de su boca, se sintió decepcionada y un poco idiota.

—Francisco Méndez, un placer —le dijo el Dandi mostrando los dientes blancos y alineados de su sonrisa.

(Francisco... ¡¿Méndez?! Oh, pensó frustrada, ¡cuánta cojudez acumulada, cuántos prejuicios juntos, Cayetana Herencia, qué vergüenza!)

—Sí, mucho gusto, yo soy Cayetana... Mira, agradezco todo esto pero ahora mismo estoy ocupada y no sé hasta cuándo, ¿requieres algo urgente que tenga que ver con la revista?

Durante un vertiginoso segundo se quedó congelada, con la sensación de haber sido impactada en la nuca por un ladrillo. Cuando surgió la grave voz de Francisco, Cayetana estaba sentada frente al ordenador con la mano derecha plácidamente rendida sobre el *mouse* inalámbrico. Le gustaba redactar y editar sus columnas descalza, con la espina dorsal recta y las piernas cruzadas en posición de loto, como si estuviera haciendo yoga o meditando. La intromisión de Francisco activó al instante su mecanismo de defensa. Es cierto que estaba acostumbrada a las interrupciones, pero nada la había preparado para ese inesperado abordaje que primero la sorprendió y luego terminó irritándola. Su respuesta fue rápida, seca y muy efectiva para ahuyentarlo, pero al mismo tiempo demasiado nerviosa y detallada para alguien que ignora o aborrece. Francisco se dio cuenta. Tanto en el tenso movimiento de su cuerpo como en la retórica innecesaria del rechazo, supo leer de manera correcta los indicios de una secreta disposición. Se retiró sin pedir disculpas, diciendo que volvería casi con alegría. Curiosamente, toda esa desidia que lo acosaba, que sentía opresiva como una invisible mortaja, se disipó en los escasos minutos de abrupto intercambio en los que pudo darse cuenta de que Cayetana le gustaba en serio y que aceptaba, como decisivo, el desafío de conquistarla.

De la historia del lento y divertido cortejo sentimental entre Francisco y Cayetana, que culminó diez meses más tarde cuando, un poco por cansancio y otro poco por inercia, ambos decidieron aceptar que era inevitable por lo menos intentarlo, bastaría señalar que tuvo todos los componentes del amor joven entre dos personas comunes de temperamento fuerte. No hubo espacio para la épica. De hecho, aunque estuvo salpicado de galanterías y rebotes, detalles e indiferencia, en ambos primó la frialdad quirúrgica de la estrategia: el galán consumado que se frustraba cuando fallaban los trucos del sombrero mágico y la damisela tenaz que se empoderaba ignorándolo pero era incapaz de cerrarle la puerta se volvieron adictos a ese tira y afloje donde el poder terminó siendo mucho más importante que el romance. Si alguno de los dos hubiera decidido claudicar –lo intentaron ambos, más de una vez–, el otro habría salido a forzar el regreso al juego neurótico que oscilaba entre el amor y el desprecio.

Los primeros besos se dieron a la salida de la celebración navideña del banco, siete meses después de la primera conversación, en un estacionamiento del Jockey Plaza desde el cual se veían los edificios monolíticos de la Universidad de Lima. Cayetana salía algo ebria, ya antes había aceptado bailar una sola canción con él (un merengue festivo de Juan Luis Guerra que Francisco intentó bailar pegado), y no tuvo problemas en hablar francamente de *ellos* como si entre ambos existiera algo parecido a un *ellos*. Se dio cuenta rápidamente que el Dandi, además de alcoholizado, estaba duro, y se le antojó más sincero y simpático porque no se ponía necio sino ingenioso y la hacía reír. Una vez terminada la pieza, le agradeció el baile sonriéndole coquetamente y luego, guiñándole un ojo, volteando el cuerpo con un precioso movimiento de caderas, le soltó las manos para reemplazarlo por otro (había visto cómo lo hacía su adorada Rita Hayworth en la película *Gilda* y la imitaba cada vez que podía). No volvieron a bailar. Se buscaron a distancia con la mirada. Se celaron mutuamente con otras parejas. A las tres de la mañana, Cayetana pasó expresamente a su lado llevando su bolso y sabiendo que la seguiría al verla abandonando la fiesta.

«Cayetana, ¡espera!», le gritó Francisco ya en el parqueo, pero ella no contestó, sólo ladeó la cabeza con picardía y siguió su camino sin detenerse. «¡Hey! Espérame que tengo algo que decirte», insistió Francisco, persiguiéndola con avidez pero caminando diligente por la embriaguez que lo aletargaba y entorpecía sus pasos. «¿Quieres que me infarte? En serio..., ¡me estás matando!», la hipérbole de Francisco le sonó tan cursi que le pareció tierna, y fue en ese preciso momento que decidió detenerse. Estuvo dos o tres segundos ofreciéndole la espalda descubierta —el vestido blanco se abría en V hasta su cintura— y, justo en el medio de la hilera más larga de autos, a escasos diez metros de Francisco, avanzó presurosa y decidida hacia él, con el ímpetu vigoroso de alguien que está a punto de descargar su furia con violencia. Francisco se quedó quieto esperando, por lo menos, un grito o un golpe. Sorprendido, atónito hasta desarmarse, tuvo que reclinar la nuca para recibir la embestida amorosa de Cayetana: el beso apasionado que le dio con una intensidad explosiva y ardiente mientras le acariciaba los cabellos y, empinándose, con el brazo libre aferrado a su espalda, lo atraía hacia su pecho para que pudiera sentir el loco frenesí de su corazón.

—Ya no me jodas más, huevón —le susurró al final, otra vez con la mirada pícara y el semblante victorioso. Cuando Francisco intentó decir algo, lo calló cerrando los dedos sobre su boca—. Ya sabes. Mejor no insistas, Dandi.

Buenas noches, y deja de jalar de una vez que eres feo cuando estás tieso.

Lo dejó idiota. Hechizado. Indefenso. Acojudado. «¡Vaya coraje el de esta flaca, conchasumare! Qué linda, carajo», discurrió en plena fascinación, sonriendo solo mientras la veía caminar hacia el Taxi Seguro que la esperaba. No volteó a despedirse. Trepó al coche y partió. Cayetana sabía muy bien lo que hacía, y por eso, porque vio en ella la versión femenina de sí mismo, Francisco se sintió enamorado y listo para quererla.

Cayetana, sin embargo, no deseaba lo mismo. Ni quererlo ni ser querida por él. Odiaba sentirse el próximo trofeo de un hombre mediocre, iletrado, superficial y autocomplaciente. Odiaba reírse de sus chistes, sentirse atraída por su belleza, entristecerse si no tenía noticias de él. Odiaba ser plenamente consciente de que exageraba sus fallas para borrarlo de su mente y reconocer —con desencanto— que todo se mostraba vano e infructuoso porque no podía dejar de pensar en él.

Cosa curiosa: por esos días, el que volvió a inmiscuirse en sus cavilaciones fue Mateo Hoffman, el Ken. Habían pasado cuatro años desde la última vez que lo vio («cuatro años de democracia en el Perú», habría pensado antes), y todavía no sentía remordimiento alguno por haberlo dejado. Lamentaba, sí, la descortesía de la forma, pero ni por eso lo percibía como una equivocación. Era todo lo contrario, creía haber hecho lo más sano, lo correcto: a los diecinueve años, ¿quién podía ir por la vida arrastrando a su paso la dolorosa melancolía de la muerte? En Mateo no había paz sino una lacerante y cultivada degradación. Lo que Cayetana había descubierto en él, una vez extinguido el arrebato juvenil por el profesor amante, fue a un hombre agónico y desolado, un joven envejecido por una depresión crónica, y obsesionado por un pasado de violencia que ella misma había visto y temido en los ojos fúnebres de su padre moribundo. ¿Para qué necesitaba todo eso? ¿O eso era la vida y había que aceptarla sin resignación? ¿Cómo hacía una para olvidar? ¿Estaba permitido? ¿Cómo se dejaba morir lo único que sabía de esa farsa compartida que era vivir? ¿Cómo rechazar el dolor heredado, el resentimiento, la orfandad, la culpa, el odio? ¿Era inmoral rehusar aquel calvario? ¿Resistirlo, repelerlo, expulsarlo, negarlo? ¿O era preferible –terapéutico– seguir eternamente la marcha funeraria? ¿Había un respiro, un contrapeso, un punto medio para que los deudos y las víctimas pudieran seguir viviendo sin ese anclaje mortuorio, sin la ficha necrológica del amado fallecido tatuada en la frente? De repente –se dijo Cayetana– era más fácil vivir negando, siendo un poco egoísta, mirando hacia adentro. ¿Y por qué, si estaba tan claro, era tan difícil? ¿Qué hacer con la memoria cuando ya no quieres vivir de luto? ¿Qué hacer con el olvido cuando sientes que traicionas la lucha que le trajo a tu padre la muerte?

Ya no querías pensar. Mateo era tu amante. Mateo era tu maestro devastado. Mateo era tu padre agonizante. No lo querías doliente ni quejumbroso. Lo querías protector, corajudo, impetuoso, valiente. Lo querías hombre. Lo necesitabas vivo, así hubiera que entregarse por completo, darle el cuerpo tibio, besarlo con locura en la boca. Abominabas su debilidad, la misma intransigencia para dejarse asfixiar por un pasado que sólo traía angustia y desolación, que perpetuaba la desgracia y lo iba matando y desfigurando, de a pocos, con la misma ferocidad con la que había destruido a Richard, tu padre. Si para saber era preciso imaginarse, Cayetana, si era nuestra obligación imaginar el infierno, ¿qué ocurría cuando no había que imaginarlo?, ¿qué ocurría cuando el infierno completo seguía ahí?

Momento de debilidad. Cayetana ya no era esa persona. Era otra (y también la misma). Ya no se quedaba absorta en la maraña de esas reflexiones angustiantes que nunca tenían respuesta. Ya no. Su padre estaba muerto. Su madre estaba bien, tenía otra relación con un señor devoto que, para desposarla, buscaba convertirla a su espantosa religión. La Chequita quería ser escritora profesional, ¡hasta tenía una maestra literaria llamada Espergesia! A Mateo le gustaba mucho ese poema de César Vallejo: «Espergesia». No le sorprendía. *Yo nací un día que Dios estuvo enfermo* podía, tranquilamente, ser el resumen poético de su vida. Ella, por su parte, evitaba ahora los poemas y las novelas tortuosas. A veces la Chequita le leía sus relatos y Cayetana se sentía algo incómoda porque había personajes que, en esencia, eran ellas mismas. Ya casi no iba a su cuarto a dormir tampoco. Tenía veintitrés años. No se arrepentía de nada. Mejor así.

El intermediario, el alcahuete, el celestino robusto que pudo consolidar la unión de Francisco y Cayetana fue el Gordo Vich. «Hazme esa gauchada, Gordo, y te pongo gratis tiros y vaginitas», le propuso Francisco, en una noche de tequeños y chilcanos que, para ablandarlo, terminó en Las Suites Deluxe. Le había pedido que se acercara un poco más a ella con total discreción. Necesitaba el enlace, el nexo oculto: lo único que faltaba era el amigo sincero y de buen corazón que intercediera por él. El Gordo Vich no quería, pero atracó contento cuando Francisco le aseguró que las «vaginitas» prometidas no serían putas sino una amigas suyas «bien ricas y cariñosas» (en realidad sí fueron putas, nadie quería tirarse al Gordo gratis, así que Francisco invirtió en dos que también actuaban). No tuvo que hacer mucho en realidad. Cayetana se dio cuenta de todo desde que lo vio aproximarse con sus cien kilos de peso y su cara de rinoceronte amable. Ya lo conocía. No sabía mucho de él pero le parecía inmaduro y divertido. Sus amigas del banco le contaban sus penas amorosas y lo apachurraban como a un osito (¡si supieran la de pajas que el osito se había metido en sus nombres!), así que aceptó. De esta manera, aunque iba de infiltrado, el Gordo Vich se convirtió para ella en la Chequita del trabajo.

Tres semanas después, tras una cena de lo más formal y ceremoniosa en La Rosa Náutica –un restaurante de lujo construido mar adentro sobre el amplio espigón de una playa miraflorina–, sin las peripecias sensacionales ni los giros dramáticos que hubiera ameritado esta historia, Francisco y Cayetana aceptaron estar juntos. Se besaron bajo la oscuridad de una noche sucia e invernal, oyendo el bramido del mar que arañaba las piedras en su vaivén, de pie contra el balcón de la pasarela que comunicaba la entrada de la playa con el salón principal del restaurante. Hicieron el amor toda la noche con la luz prendida, en un hotelito frío y discreto de Magdalena del Mar, sobre una cama de dos plazas que rechinaba como si fuera una litera carcomida. Si algo descubrieron esa noche fue su compatibilidad amorosa, lo mucho que les gustaba esa intimidad descarnada y hambrienta donde nada les daba vergüenza ni estaba prohibido. Esa sinergia sexual, plena y maravillosa, los hacía sentirse libres y, en muchos sentidos, los llevó a considerar seriamente que podían amarse.

Ninguno de los dos había sido particularmente fiel en sus anteriores relaciones. Francisco engañó a todas sus novias de una manera metódica, con la fanfarria y la insolencia del adicto que lo asume como un derecho. Cayetana sólo fue desleal a sus parejas con otras mujeres y, por alguna extraña razón, no las consideraba infidelidades sino travesuras. Francisco también lo entendió de esa forma desde la primera vez en que, seducida por Cayetana, otra mujer los acompañó a su apartamento.

Sucedió en Nébula, una discoteca wave y pospunk en Miraflores que era famosa en Lima por haber recibido la visita de artistas internacionales como Robin Guthrie de Cocteau Twins, Peter Hook de Joy Division, Andy Rourke de The Smiths, Virus, Lucybell o Gustavo Cerati. Francisco no había ido nunca. Cayetana solía ir a bailar sola cuando era estudiante. Lo que pasó esa noche fue revelador para ambos porque los llevó a compartir sus secretos y, al mismo tiempo, a experimentarlos. Francisco, por ejemplo, le rompió la nariz a Cayetana con una raya finita de coca que terminó atorándola. La experiencia, al inicio, no fue placentera: aquejada por una sensación de ahogo, Cayetana se bebió de golpe toda la botella de cerveza para poder respirar. Con el correr de las horas, sin embargo, jalar se fue volviendo un hábito dulce y mentolado que le soltaba la lengua y la estimulaba. Bailaba sola en la pista de baile mientras Francisco —whisky en mano— la observaba de pie junto al pequeño escenario tapizado en el que pinchaba el Dj. No bailaba bien. Era gracioso verlo menearse con torpeza sobre su sitio, haciendo con los brazos unos dibujos ridículos que no tenían ritmo. Cuando sonó «Cuts You Up» de Peter Murphy, una de las canciones favoritas de Cayetana, la minúscula pista de dos ambientes se llenó al tope. Para Francisco era evidente que su chica era la más hermosa y atrevida de un lugar extravagante que estaba lleno de traumaditos vestidos de negro. La gente le parecía fea pero entusiasta, y, para esa noche vertiginosa, aquello le resultaba indiferente. Un tonto descuido lo llevó a perderse el preciso momento en que lo presentido ocurrió.

La muchacha tenía el pelo cortísimo con las patillas en punta, lo llevaba pintado de un amarillo blancuzco que, por las luces y el humo, se volvía rosado y violeta. Era algo gruesa en el tórax y tosca de brazos, pero tenía la cintura curvada, las caderas amplias y el trasero grande. Llevaba una falda de cuero y un polo apretado sin mangas que decía BAUHAUS y levantaba sus pechos gordos en forma de gota. Cayetana la besaba con dificultad, envolviéndola con sus brazos mientras bailaban, y reclinando las rodillas para estar a la altura de su boca. Sabía que Francisco las estaba mirando. Esperaba que su secreto no lo intimidara. Él hubiera deseado una mujer más atractiva y delicada, no esa enana machona y medio achorada que le apachurraba el culo a su mujer como si fuera una masa de pan. Prefirió ignorarlo. Iba muy colocado y presumía lo que estaba a punto de suceder, así que ni se inmutó: siguió meneando el cuerpo de esa forma grotesca y brindó a la distancia alzando su vaso de whisky hacia ellas.

La muchacha fue presentada como Rocío pero luego, ya en la casa de Francisco, Cayetana no dejó de llamarla Chequita. Cuando se daba cuenta de su falta, le pedía perdón, pero luego de unos minutos lo hacía otra vez. A Rocío no le importaba en lo más mínimo, podía llamarla como le diera la gana: ella quería cogérsela. No hablaba mucho. No le gustaba Francisco porque no le gustaban los hombres, pero aceptó acompañarlos por la cocaína y porque estaba encantada con Cayetana. Entre las líneas de merca y los shots del Żubrówka polaco, el desenfreno alcoholizado los llevó a desnudarse. Cayetana los besaba a ambos, por turnos, y luego acercaba sus bocas para que hicieran lo mismo. Rocío, al principio, estuvo incómoda y recelosa, pero poco a poco fue perdiendo la reticencia, estaba tan borracha que ya no rehuía el contacto de Francisco, que empezaba a sobarle los pechos con suavidad. Todavía tenía puesto el sostén negro cuando Cayetana le acercó la verga lampiña y enhiesta de su novio a los labios. «Chúpalo con cariño, Chequita», le dijo con voz de niña engreída, después de darle un besito coqueto en la punta como si fuera un amuleto. El gesto la excitó. Rocío engulló el miembro de Francisco y empezó a chuparlo ruidosamente, mirándolo fijamente a los ojos. Cayetana, por detrás, liberó sus tetas dando un pellizco al tirante y éstas cayeron rebotando sobre su abdomen. Las tenía abundantes y fofas y las aureolas marrones de sus pezones estaban como hinchadas y brillaban. Rocío recibió la lengua de Cayetana en el cuello y luego sintió en el rostro unos pezones duros y furiosos sobándole la piel. Francisco hizo, entonces, un ademán con los ojos para que su chica se acercara. Cayetana llegó presurosa a su lado para besarlo y, poco a poco, fue descendiendo con la lengua por su pecho hasta llegar a la boca abierta de Rocío, que seguía lamiendo sin dejar de mirarlo. El pene de Francisco recibió entonces el calor de dos lenguas ardientes que subían y bajaban y se cruzaban juguetonas cuando sus labios se unían. El placer era desenfrenado, inmanejable, la cabeza le hervía de excitación, quería entrar en ellas cuanto antes. En el ordenador, sonaba una canción que no conocía pero le gustó mucho. Era «Lover, Lover, Lover», de Leonard Cohen, versionada por Ian McCulloch. La compilación era de Rocío, duraba cinco horas (sin cesuras) y la había traído en el USB que siempre llevaba consigo (en el bolsillo, en la cartera) por si acaso. Cuando Francisco intentó tumbarlas en la cama, Rocío lo detuvo con aspereza y Cayetana, soltando una risita infantil, diciéndole «amor, un ratito», secundó su voluntad abrazándola con dulzura por la espalda, como si fuera su hermana. No podía penetrarlas hasta que ellas quisieran. Acariciarlas, besarlas, lamerlas donde gustara, sí. Mientras hacían el amor era todo lo que tenía. Entraría cuando ellas se lo pidieran. Y así fue.

Cuando despertaron, Rocío ya no estaba. Se había llevado los remanentes de la cocaína y la botella inacabada del vodka polaco, pero había olvidado el USB con los remixes del set de Nébula, que seguía sonando a bajo volumen («Half a Person» de The Smiths, la banda favorita del

Chato, el mejor amigo de Francisco, que vivía en Nueva York y al que Cayetana no llegó a conocer). No sería ni la primera ni la última mujer que dormiría con ellos. Tampoco fueron muchas. Los tríos se daban de manera espontánea, siempre con coca de por medio, y sólo si Cayetana quería. Una vez le preguntó a Francisco si aceptaría invitar a otro hombre. Le señaló que, dadas las circunstancias, le parecía lo más justo. En realidad, no estaba interesada en absoluto (ella sólo era «traviesa» con otras mujeres), pero buscaba probarlo. La negativa indignada y vehemente de Francisco generó la primera pelea de la pareja. Desde luego, vendrían más.

No se dieron, sin embargo, al inicio. La época del reconocimiento fue bastante tranquila. El vínculo entre ambos, ese obstinado acoplamiento que habían considerado imposible pero que fue tomando cuerpo de una manera sencilla y natural, no se reducía en absoluto a la transgresión de los excesos y las noches dionisiacas. La complicidad que sentían, como un céfiro suave y apacible que les soplaba en el rostro, no necesitaba ser verbalizada para existir. Era tangible, estaba ahí y los conmovía cuando se veían de lejos o cuando se ocultaban, en los cuartos de la limpieza, para tocarse y besarse con desesperación. No querían hacerlo público. Decidieron mantener su romance en secreto para evitar chismes y malentendidos (desde luego, gracias al Gordo Vich, todo el mundo se enteró: «en el banco nada es público, compadre, somos una gran familia»). Contra todo pronóstico, asumieron la relación con tranquilidad y prudencia, sin entregarse del todo, desconfiando de esa extraña sensación de muda alegría que los embargaba y que no sabían identificar porque no habían experimentado nunca.

¿Estaban enamorados? De repente un poco, sobre todo ella. Los dos eran jóvenes y seguían pensando en ellos mismos antes que en cualquier otro ser viviente. No estaban preparados para entregarse ni para compartir su vida con otra persona. Lo intentaron, creyeron lograrlo, pero no pudieron. Francisco acababa de cumplir veintiocho, y aunque adoraba estar con ella, ni por un solo instante, ni siquiera cuando se compró el simulacro del novio honrado y satisfecho, dejó de pensar en él muy lejos de todo eso. Había sido incapaz de terminar la universidad (no la abandonó, lo expulsaron por mediocre), no tenía títulos ni una carrera técnica que avalase sus inestimables sueños y proyectos, y sin embargo deploraba imaginarse envejeciendo como un empleadito de segunda en las entrañas de un banco peruano. ¿Cómo podría? Imposible. Eso no era para ti. Tú dabas para mucho más y tenías unas ganas voraces de comerte el mundo. Vislumbrabas un futuro de éxito y bienestar económico fuera del Perú. Aquí no había nada, Francisco, por más labia y presencia que tuvieras, había que transar y serruchar y estar dispuesto a cagar a quien fuera en cualquier momento y a hacerte el loco. Si no entrabas chueco estabas muerto, buen hombre, recuérdalo siempre: «Con o sin dictadura, aquí todo está torcido y seguirá torcido quién sabe hasta cuándo.»

Cayetana tenía cinco años menos y, curiosamente, lo que menos le importaba era el futuro. Tampoco se veía editando eternamente una revista sobre la familia bancaria, los auspicios deportivos y las campañas solidarias de una institución financiera. No obstante, después de muchos años, había encontrado una inesperada forma de paz en el presente: se había abandonado a su sentimiento sin cuestionarlo, sin escarbar en ese pasado tumultuoso que la había mantenido inmóvil en la fallida expiación de su culpa. Y, de alguna manera, funcionó. Los tejidos dañados de la relación emocional con sus dos padres, por lo pronto, se fueron remendando (es cierto que a su padre biológico ni lo mencionaba –para Cayetana, que nunca lo conoció, se había muerto dos veces–, pero la curiosidad por saber era tan intensa que alguna vez intentó un acercamiento con los abuelos que, gracias a ella, fracasó). Tampoco pensaba, desde luego, que lo suyo con Francisco pudiera desembocar en algo más serio. Lo anhelaba ilusamente sin saber por qué. El verdadero problema, en el fondo, no era prever el final sino aceptarlo como real. No quería que se acabe, la horrorizaba la posibilidad de volver al infierno del que acababa de salir. De pronto, se encontró dependiente de una relación llena de agujeros y del mismo hombre acanallado que, hacía un año, despreciaba. Ya con los meses, se hizo evidente que Francisco nunca había dejado de ser el Dandi. Al menos tuvo la delicadeza de falsificar con ingenio sus deslealtades. Cayetana prefirió ignorarlas. Volvió a las travesuras con otras mujeres. Tenía la secreta esperanza de que produjeran algún tipo de equilibrio y, de esta manera, que todo pudiera seguir como al principio. Para su infortunio –dique de contención que explota–, se equivocó.

Catorce meses después de la cena en la playa, Francisco Méndez terminó su relación con Cayetana Herencia y renunció al banco. Lo hizo por teléfono, sin atreverse a mirarla a la cara, con la misma cobardía que emplearía, en adelante, para conseguir sus metas. Cayetana no dijo mucho, dejó caer la bocina del teléfono sobre la alfombra y se quedó sentada mirando la luz del corredor que moría a sus pies. Sintió un ligero vahído de estremecimiento que supo controlar tomando agua. Aspiró el aire hasta sentir que se le cerraba la garganta. «¿Te pasa algo Cayetana?, ¿te sientes bien?», le preguntó Aurora, la otra editora. «Un poquito cansada nada más», respondió ella con voz armoniosa, mientras se inclinaba para recoger el auricular del piso. Cayetana colgó el teléfono y permaneció inmóvil mirando a su compañera. A continuación, sin poder controlarlo, rompiendo la única promesa que le quedaba, se echó a llorar.

La llamada de su ex colega Ubaldo Martínez ofreciéndole trabajo le llegó a la redacción tres días después de este episodio. Cayetana le pidió dos semanas para pensarlo. Presentó su renuncia el mismo día en que se enteró de que Francisco partía para Londres. Una mujer inglesa, nueve años mayor que él, había aceptado ser su esposa. La había conocido dos meses atrás, cuando todavía estaban juntos. El que le dio la noticia, mirando hacia el piso con vergüenza, fue el Gordo Vich.

CINCO

3/9/2007
Querido diario:
Hace siete años empecé a escribirte y es probable que hoy sea la última vez que lo haga. Intentaré explicarte por qué. Sé que ya no debería tratarte de «tú» pero siempre lo hice. Es un poco como en la ficción aquí: tenemos un estilo, ésa es nuestra voz y, digan lo que digan, no podemos traicionarla. Si cambiara ahora, imagínate, sentiría que estoy hablándole a otro, y no quiero.
Tengo noticias. Hace dos días, como sabes, cumplí veintisiete y esa misma mañana recibí el regalo más lindo de todos. ¿Qué crees?... ¡¡Voy a ser mamá!! Tengo cuatro semanas de embarazo. La única que lo sabe es mi maestra Espergesia. Ella y Alberto, claro. ¡Si lo hubieras visto a mi gordo dando saltos sobre la cama como un mocoso! Es un divino. Imagino, con pena, que pronto tendré que dejar la casa de los Herencia. Y aunque la señora Hilaria me pida que me quede (sé que lo va a hacer y también sé que lloraré cuando lo haga), esta vez no podré aceptar. No es justo para Alberto. Tenemos que vivir juntos así tengamos que irnos lejos de Lima.
Aunque a veces fue un poco dura conmigo, la señora

Hilaria es como una mamá para mí. Ella me puso Chequita, ¿lo sabías? «Carmen Luz, señora», le dije. «No, no», me respondió: «Tú eres chiquita, *Ch'ilikuti*», dijo, así en quechua, «Carmen Luz es bonito pero Chiquita es mejor, y como te veo con cara de enojada, no voy a decirte la Chiquita sino la Chequita, ¿qué te parece?» Yo repetí «Carmen Luz» (con mi cara de Carmen Luz) y ella se rió mucho. En adelante, para todos en la familia, fui la Chequita. Y es cierto que yo también me acostumbré, pero la persona que cierra este diario y sale ahora a la vida es Carmen Luz. La Chequita, mi querida Chequita, se queda en este cuarto contigo para acompañarte.

No sé si alguna vez te lo conté. La señora Hilaria es de Huánuco y, así como yo, hace muchísimos años vino a Lima sola a trabajar en una casa particular. Ella no tuvo la misma suerte que yo. No la trataban bien. Se aprovechaban. La hacían llorar mucho. Le imponían un trabajo de esclava que ella tenía que agradecer. No sé mucho más pero sé que hay más. A veces pienso, por ejemplo, que la señorita Cayetana no es hija del señor Richard. ¡Y es que físicamente no se parecen en nada! Lo pienso y me siento una mala persona. A lo mejor me equivoco y sí era su padre y la insólita naturaleza se portó tan bien con ellos que les trajo a una niña hermosísima y superinteligente...

Ay, querido diario, si me vieras ahora: estoy suspirando desconsolada. La señorita Cayetana siempre fue mi compañera, mi luz, mi guía, mi ejemplo. Ya casi ni lee, ¿puedes creerlo? Fue gracias a ella, a su pasión por la lectura, a su biblioteca siempre limpia y ordenada alfabéticamente, a sus apuntes en las orillas de las páginas con esa letra preciosa y redondita, que yo me interesé por los libros. Me hice escritora por la señorita Cayetana, y es cierto que todavía no publico nada, pero mi maestra me dijo que una se hace escritora desde el momento en que decide escribir («Lo más importante es escribir, el resto llega solo, Chequita»). No sé en qué momento todo eso se fue arruinando en ella. Estoy segura de que no fue después de la muerte del señor Richard, todo lo contrario: ésa fue una época dorada y se la pasaba leyendo todo el santo día. Acaso cuando terminó con el señorito Ken, algo leve y sinuoso, de difícil percepción, fue creciendo y madurando en su interior. Su biblioteca se fue desordenando, llenándose de polvo, apolillándose. Imagino que seguía leyendo pero sin el mismo fervor de antes. Fui yo la que empezó a devorarse sus libros. ¡Me los leí todos! Ni cuenta se dio. Ya casi no iba a mi cuarto. Solía estar seca, estresada, un poquito malgeniada, nerviosa. La señora Hilaria estaba muy preocupada. Todo era trabajo y más trabajo para su hija. No le conocía novio. Nunca trajo a nadie a casa.

De pronto un día, literalmente de la nada, apareció en la puerta el señorito Francisco. En tres palabras –sinceras hasta el hueso– te puedo asegurar que era un pobre y triste pendejo (discúlpame, querido, todo esto me altera la sangre). ¿Cómo una mujer tan extraordinaria como mi Cayetana podía estar con ese zonzo de mierda? Qué desperdicio de talento. Nunca lo entendí. Cambiar a un hombre inteligente y distinguido como el señorito Ken por un zopenco frívolo con gel hasta en las patillas, ¿no era eso un atentado contra el sentido común? La señora Hilaria también lo odiaba. Era guapo y buena gente y le traía regalos hasta al perro, pero lo cretino se le notaba hasta en el bostezo. Lo peor de todo es que nunca antes había visto a la señorita tan resplandeciente. Volvió a visitarme de noche. Se quedaba un poquito. Me hablaba de él. Yo, indignada y muda, la escuchaba con la sonrisa congelada. Se la veía tan emocionada, ¿qué le podía decir? Desde que abrió la boca, me di cuenta de que era un timador: un Paul Vicente pituco que estaba de paso. Duraron un año y un poco más.

El muy cobarde la cortó por teléfono. A la señorita Cayetana nunca *nadie* le había hecho eso. Ya le tocaba (como nos toca a todos), pero, francamente, ni en mis peores sueños esperaba una reacción tan desastrosa, tan descabellada, tan triste (de repente por eso también me marcho).

Por lo que entendí, la señorita Cayetana trabaja de periodista en algo que tiene que ver con el gobierno (no se lo he dicho a mi maestra Espergesia para que no se infarte). Ha estado yendo y viniendo de Pisco por lo del terremoto de agosto. Dice que hay mucho por hacer, pero en Pisco, por lo que veo, el APRA no ha hecho nada. Acuérdate de mí: en algunos meses, saldrán las denuncias por corrupción de todas esas sabandijas. «El APRA es así» (me dijo mi maestra): «no les importa enriquecerse con el dolor de los pobres.» El tipo con el que he visto a la señorita (ni sé cómo se llama, se apellida Martínez) es un viejo asqueroso que se viste como chibolo. Es su jefe y tiene la edad del señor Richard (pobre, menos mal que no está aquí para verlo). No sé si sea su pareja (¡vade retro, Satanás!), pero de que la recoge y la trae a casa no hay duda. La señora Hilaria no puede estar más indignada y molesta. Cuando se lo pregunta, la señorita Cayetana se hace la loca y no le contesta. Lo último que supe, después de la última pelea nuclear en casa, es que la señorita se muda. Dice que va a vivir sola pero yo no le creo. Si se mete en la casa de ese anciano aprista asqueroso, mejor que se acabe el mundo ya mismo. ¡Vaya locura! Es como si la señorita Cayetana se estuviera castigando sola, ya no sé qué pensar. Yo no creo en Dios (la culpa es de la maestra), pero si existe, si los rezos de la señora Hilara sirven para algo, ojalá que me regrese a la señorita Cayetana intacta, tal y como era antes, esa angelita ilustrada que lo irradiaba todo en esta casa y nos ponía tan felices.

No voy a decirle que estoy embarazada. Que se lo diga la señora Hilaria, si quiere. Sí pienso, sin embargo, regalarle mi primer libro. Ya qué importa si no lo lee. Ya lo tengo impreso y encuadernado (en papel reciclado y con una tapa preciosa forrada con tela turquesa). Al final hay una foto de nosotras sonriendo en el patio. La dedicatoria me demoró tres madrugadas pero valió la pena. Son diez relatos que se interconectan y tienen a los mismos personajes, como si fuera una novela. Los personajes principales somos ella y yo. La idea la tomé de un libro preciosísimo del señor escritor Sherwood Anderson. No lo tengo a la mano pero creo que se llama *Winesburg, Ohio*. Mi maestra leyó mi manuscrito, le hizo unas ligeras correcciones y dijo que ya estaba listo. Lo dijo y me abrazó y luego se puso a llorar de alegría. Y yo, que la quiero tanto, me puse a llorar con ella y, con el corazón conmovido, le dije «muchas gracias, maestra Espergesia», y entonces supe de golpe que ya era otra, que ya no podía ser la Chequita, que eso era imposible, querido diario, y que era el momento de decirte adiós.

No sé qué vaya a pasar. Quisiera publicar mi libro. Quisiera seguir escribiendo. Quisiera que mis hijos lean y puedan conocer ese mundo maravilloso que yo me perdí de niña. Alberto no lee nada. Y está bien. Es un hombre bueno mi gordo y será un gran papá. Me pide, al menos, que le relate las historias que leo cuando nos tumbamos en la cama. Y yo se las leo o se las cuento todas hasta que se queda dormido. Cuando eso sucede, incluso cuando ronca de cansancio y lo veo durmiendo tranquilo, me río solita. Lo único que deseo en este mundo es abrazarlo y dormir a su lado. Sé que será el más orgulloso si algún día publico algo. Sé que lo leerá y dirá que es muy bueno, así no lo entienda.

Parte final

No nos detendremos el corazón tiene otros ojos.
Hay que morir un poco para mirar el día.

WASHINGTON DELGADO,
«Un camino equivocado»

Berlín
Verano, 2013

Un hombre alto, vestido con traje, con el corte de cabello casi rapado desde la orilla de la nuca hasta la mitad del cráneo y las mechas alisadas con una raya al costado, apareció por la entrada del hotel. El viejo portero ruso que lo recibió en el vestíbulo le dio los buenos días en inglés. Llevaba unas gafas Ray-Ban aviador con los cristales grisáceos y la montura de oro. Su único equipaje era un elegante portafolios de cuero negro forrado en pecarí.

Avanzó en silencio, sin hacer ruido, con pequeños y cuidadosos pasos sobre la alfombra roja que presidía el mostrador dorado de la recepción. Detrás de las dos mujeres uniformadas que lo aguardaban agotadas y falsamente risueñas, cubriendo toda la pared de fondo había una foto ampliada de tres corredores de bolsa alzando los brazos satisfechos bajo una lluvia de billetes. El hotel se llamaba Park Plaza Wallstreet, estaba en la calle Wallstrasse, a media cuadra del río Spree, y era famoso porque las alfombras de sus habitaciones llevaban la imagen gigantesca de los billetes de cien dólares con el rostro de Benjamin Franklin.

El hombre en realidad era un joven de una treintena de años. De lejos parecía mayor por las pelusas canosas que tenía salpicadas sobre la barbilla. En realidad no dijo mucho. Las dos frases apáticas que soltó viajaron envueltas en un aliento tibio y decadente que la recepcionista percibió con desagrado pero sin desdibujar su sonrisa. Aún no estaba ebrio pero lo estaría pronto. Había estado bebiendo scotch –pensó la más rubia–, tenía el gesto hosco y devastado del que acaba de arruinarse. Fue parco pero amable, como si temiera decir algo impropio. Puso los papeles de la reserva sobre la encimera superior del mostrador. Aseguró que ya estaba cancelado y, sin esperar la confirmación, preguntó si el bar ya estaba abierto.

El *booking* se había hecho a través de Last Minute. Se quedaría sólo una noche. El nombre de la reserva no coincidía con el de su pasaporte, y, por su peinado, por las Puma azules de tela que desentonaban con su traje Armani, la recepcionista más baja se preguntó si no sería un futbolista famoso. El bar todavía no estaba abierto pero el Servicio de Cuarto estaba a su disposición, le respondió ella misma. El hombre pidió una botella de Jameson y el mejor aperitivo de la carta (no importaba cuál, el más rico, que el chef escogiera). Agradeció cortésmente inclinando la cabeza y luego se alejó despacio, sin esperar las indicaciones, como si fuera un huésped célebre al que todos los empleados reconocerían. Se perdió en el primer intento, pasó de largo la entrada del elevador con la mano derecha en el aire y la tarjeta de la habitación entre los dedos, como si fuera un cigarrillo. El portero ruso lo socorrió con rapidez, y en gratitud el hombre le dio una moneda de dos euros que sacó del bolsillo de la chaqueta.

El ascensor panorámico tenía pequeñas luces celestes y violetas. Estaba congelado porque tenía el aire acondicionado al tope. Era una cabina de vidrio en forma de cápsula que daba al restaurante del patio interior. En ese espacio acogedor, de siete a diez de la mañana, se servía el desayuno. El hombre estaba solo. En el ambiente sonaba una canción en inglés que no supo identificar, aunque estaba seguro de haberla oído antes. En su viaje al séptimo piso, el elevador se detuvo una vez en el cuarto nivel. Fue un falso llamado porque, al abrirse la puerta, no había nadie esperando. Apenas llegó a su destino, se quitó las gafas y las colocó en la solapa. El pasillo estaba desierto, no sabía qué horas eran pero, al parecer, todos dormían.

La botella de Jameson y el aperitivo de salchicha berlinesa con curry y papas fritas (que no eligió el chef sino la recepcionista rubia) llegó en diez minutos, cuando ya se había quitado los zapatos, el pantalón y la chaqueta. Sobre el escritorio de caoba, en dos líneas paralelas y simétricas, yacía parte de la cocaína que había traído consigo en el tren, en dos pequeñas bolsitas que ocultó en su ropa interior. Recibió la botella, la comida y el portahielo extendiendo el brazo para cogerlos, con el cuerpo perfilado para tapar el espacio que dejaba la puerta entreabierta. Se negó rotundamente a dejar entrar al camarero de piso, pero le extendió a cambio el billete de cinco euros que ya tenía enrollado y listo para empezar a jalar.

Las dos rayas las aspiró como todo un profesional, limpiando la superficie de cristal de un solo impulso. Se lamió por reflejo la punta de los dedos con los que se había tocado la nariz, cerrándola y jalándola hacia fuera como si intentara respingarla. Vació entonces un poco más del polvo blanco en el escritorio y, cuando se disponía a cortar la coca con la tarjeta del hotel, se quedó inmóvil por unos segundos, pensativo e ingrávido, como si estuviera suspendido en el aire. Luego reclinó lentamente la espalda y giró la cabeza dos veces, en un parsimonioso ida y de vuelta de ciento ochenta grados.

Era el mismo cuarto, no se había equivocado. Lo recordaba bien. Debajo de él, la alfombra blanca y verdinegra de dólar americano que se extendía por todo el perímetro; del lado izquierdo, el armario rojo con una fina ondulación en la puerta, justo al lado del cuarto de baño cuyas paredes de vidrio, revestidas con un dibujo de bambús alineados, opacaban la luz que se filtraba en claroscuro hacia el cuarto; hacia el lado derecho, recordó el detalle de la manzana verde sobre la pequeña mesa de trabajo redonda y las dos sillas forradas de cuero blanco que hacían juego con las paredes y con el enorme ventanal que daba a la calle. Aun cuando las cortinas de seda transparente estaban cerradas, el cuarto estaba perfectamente iluminado por los rayos luminosos que se colaban por los intersticios de la tela, y por las dos lámparas de pie que emitían una luz cálida y amarillenta. Había estado *ahí*, se había tumbado por *allá*, se había quedado sentado en la silla de la izquierda y dormido del lado derecho de la cama sin usar el cojín rojo.

Se sirvió cuatro dedos de scotch y dejó que los cubos de hielo enfriaran un poco el licor. Mordió un pedazo de la salchicha alemana y se embarró las comisuras de los labios con la salsa ámbar del curry. No le gustó que la crema hindú no picase, pensó entonces en llamar a recepción para pedir alguna salsa con pimiento picante, pero no lo hizo; sólo retiró el plato, lo dejó sobre la mesa de noche y no volvió a probarlo. Cuando se bebió el primer sorbo de scotch, se dio cuenta de que todo estaba demasiado silencioso y se ponía ligeramente paranoico. Necesitaba música. Se preguntó qué canción sería propicia para ese momento. Recordó, entonces, la película italiana que había visto con su mujer hacía unos meses. Nunca le habían gustado los filmes lentos con tomas largas y estáticas y mucho diálogo, le parecían tediosos, cerebrales, enfáticamente aburridos; prefería, sin duda, las comedias o las películas de acción. Pero esa noche, intrigado por el título de la película *(La habitación del hijo)* y por el hombre barbado de la carátula que se parecía a un amigo de la infancia, accedió a verla.

La historia contaba la vida familiar de un psicoanalista que pierde a su hijo adolescente en un accidente de buceo. La muerte del chico se narra por elipsis: es el eje que hace girar toda la trama pero no se muestra nunca. Giovanni –así se llama el hombre barbado– no entiende nada: su trabajo consiste en ayudar psicológicamente a gente que está mentalmente quebrada, es su deber mantener siempre la calma y la serenidad para sus pacientes, y sin embargo, tras la muerte de su hijo, él mismo no sabe qué hacer con el dolor que ha tomado todo su cuerpo y lo paraliza. Es una película sobre el duelo, sobre el doloroso trabajo del duelo, pero eso el hombre no había llegado a comprenderlo. Recordaba, sí, que tenía el rostro anegado en lágrimas cuando Giovanni camina por la playa junto a su esposa y su hija para despedirse en paz del fantasma amado.

En su teléfono tenía la canción que acompañaba la escena final. Se llamaba «By This River», y la cantaba Brian Eno. Se la sabía de memoria. Le gustaba mucho la tristeza de sus palabras y el tono melancólico del piano. Le pareció una buena idea ponerla en ese momento. Luego de aspirar dos líneas más de cocaína, la colocó a volumen alto y se puso a cantar.

Here we are
Stuck by this river
You and I
Underneath a sky that's ever falling down, down, down
Ever falling down

Through the day
As if on an ocean
Waiting here
Always failing to remember why we came, came, came
I wonder why we came

> *You talk to me*
> *As if from a distance*
> *And I reply*
> *With the impressions chosen from another time, time, time*
> *From another time*

Cuando terminó la canción, no pudo contener un acceso de risa. Era una risa doliente que lo hacía doblarse sobre la cama y que, poco a poco, se fue transformando en un llanto amargo. ¿Cómo había podido llegar hasta ese punto? Ya no importaba. Hacía varias semanas que simplemente no estaba y el viaje a Berlín sólo era la consecuencia lógica de su ausencia progresiva del mundo que conocía y había perdido. Tenía los párpados hinchados cuando se miró en el espejo. Ahí, del otro lado, el joven atractivo de antaño se había convertido en un espectro rendido. Sólo estuvo quieto, observándose mudo, por diez segundos. Luego se acercó al ventanal que daba a la avenida para darse un poco de aire, se sentía un poco mareado. Cuando sintió el ligero toque del viento soplando en su cara, se tranquilizó. El hombre sonrió recordando todo lo que había hecho en sus treinta y seis años de vida y se sintió satisfecho, incluso feliz. Luego, saltó.

El nombre falso, que el suicida había consignado en su hoja de registro, pertenecía a un famoso cantante mexicano. Ninguna de las autoridades de la policía y la fiscalía alemanas supo identificarlo. Sabían, desde luego, que era imposible que el fallecido se llamase realmente José José. Era un ciudadano de origen peruano, de treinta y seis años de edad, domiciliado en Londres. Dejaba una esposa de nacionalidad inglesa y un hijo de apenas dos años. Se llamaba Francisco Méndez y no había dejado ninguna nota de despedida. En su habitación se encontró cocaína y alcohol, un teléfono portátil, un parlante inalámbrico, unos lentes de sol, su pasaporte, una billetera con cien euros en efectivo y dos tarjetas de crédito, parte de su vestimenta regada por el suelo, y un portafolio que contenía una agenda, la foto en blanco y negro de una mujer de rasgos latinos muy atractiva, y lo que parecía una novela escrita en español y dedicada, con tinta verde, a él (firmaba un tal Diego «Varguitas»). Se titulaba *Borges*. Uno de los policías que investigaba el caso recordó que ése era el apellido de un escritor famoso, pero no supo decirles a sus colegas con precisión de dónde era o qué había escrito.

París
Verano, 2015

UNO

Es un poco así. El tedio profundo, como una niebla callada, reúne a todos los hombres en una común y extraña indiferencia. Estoy parafraseando. Eso no lo escribí yo sino Heidegger, y yo leí a Heidegger en el colegio, a los dieciséis. No entendí mucho. Me gustaba, sí, la elegancia de sus palabras y su tono elegíaco. El adjetivo que usa el filósofo alemán para describir ese estado emocional donde todo parece inútil («profundo»), me hace pensar en la nada que todo lo rodea y contagia. Me hace también pensar en mí, y en esta historia que empieza por el final, es decir, conmigo, anegado por el sudor y las lágrimas y mirando el techo de mi buhardilla parisina sin saber por qué.

Sospecho que es el dolor de la ignorancia, el sufrimiento que arrastro por no saber qué pasó. Una vez más: la misma sensación, el mismo tortuoso sometimiento que me sumerge en estas depresiones pasajeras que ya no me permiten escribir. Pienso en Francisco constantemente, no puedo evitarlo. *Dulce amigo mío, libérame de tu sombra: ¿por qué hiciste eso? ¿Por qué nunca dijiste nada? ¿Por qué te fuiste así de pronto sin hablar conmigo?* Las mismas preguntas sin respuesta. El caso cerrado desde hace dos años. El suicidio confirmado que clausuró toda investigación. Y ya nadie se acuerda. Las absurdas explicaciones que lo reducen todo a su depresión, al final de su matrimonio, a sus adicciones, a sus múltiples deudas, a su posible bancarrota. Ninguno de ellos sabe lo que nos ocurrió en Berlín. Ninguno considera relevante que Francisco se suicidara en la misma habitación del mismo hotel que tomamos en 2008.

«Los suicidas tienen sus propios rituales. Cuando no dejan notas explicativas, uno puede interpretar su última voluntad por el lugar y la forma en que se matan. Sobre todo si su muerte toma por sorpresa a sus parientes y amigos.» Así me lo dijo —en inglés— el hombre calvo y lampiño que lidiaba con estos asuntos en Berlín. No había mucho más que hacer. El asalto y la agresión contra Francisco y la posible muerte de la prostituta rubia, que yo relataba cinco años más tarde, no tenían ninguna denuncia policial que las sustente. Tampoco habían aparecido en la prensa de la época. El burócrata me miraba con cortés aprensión, pensando seguramente que yo estaba demente o muy dañado por lo ocurrido. No volví a insistir. Regresé a París abatido y molesto. Fue, por entonces, que el estrés empezó a afectarme seriamente.

Aquí en Francia ese estado de feroz melancolía se llama *spleen* y fue popularizado por Charles Baudelaire. «Una angustia atroz y despótica», escribió en uno de sus versos más célebres. El *spleen* es más común de lo que uno cree. El *spleen* mata sin causa aparente. Pero mejor dejemos eso por un momento. No quisiera ser descortés y continuar este manuscrito sin presentarme. Mi nombre es Diego, pero mis amigos en Lima me dicen el Chato. Es cierto que escribo y que he podido publicar algunos de mis libros en el Perú y en otros países. Vine a París un poco por inercia, siguiendo la ruta de otros escritores que descubrí en mi adolescencia y que ya están muertos. Hoy, por cierto, cumplí treinta y ocho y, como todos los años desde que resolví odiarlo (antes hacía fiestas en mi casa y aterrorizaba a mis padres con el ruido), sintiendo en el pecho las patitas peludas de la angustia, pensé seriamente en los infinitos inconvenientes y pesares que genera un suicidio.

La imagen de las patas tiene algo de espeluznante pero la considero precisa: el ahogo y los agudos dolores de pecho que preceden la llegada del pánico tienen, en mi cabeza, forma de araña. La metáfora animal no es gratuita. Es casi un testimonio porque vivo con una araña francesa que se alimenta de mí cuando duermo. Tengo los brazos y las piernas salpicados de pústulas de agua turbia que siento placer al reventar. La médica dijo que era una araña y me mostró en Google la imagen de un bicho azul y alargado que parecía un ciempiés. La voluntad de matarla me parecía lógica y necesaria porque las ampollas pican y pueden ser dolorosas, pero luego pensé que no sería una mala idea encontrarla, atraparla y tenerla cautiva en uno de los cofrecitos de la marihuana holandesa que me trae el buen Omar Nietzsche; y quizás darle un nombre (algo que ya hice aunque nunca la he visto, se llama Filomena y lleva mi apellido porque mis mascotas son como mis hijos), y observarla, de madrugada, con una lupa de juguete y decirle: Filomena, mira lo que me hiciste en la piel por pendeja, lo nuestro es una historia de amor salvaje.

Desafiando con la vista el sol parisino que incendia mi buhardilla por las mañanas, pienso en esto que escribo y en la verdadera utilidad de la escritura. ¿Por qué estoy llorando?, me pregunto en silencio, ¿me sigue haciendo tanto daño lo de Francisco? No lo sé. O de repente sí lo sé pero no me atrevo a verbalizarlo. Es como si ahora las palabras pudieran hacerlo todo más grave y perturbador hasta el punto de convertirlo en irreversible. *Las palabras*. Lo único que siempre he defendido con intensidad y altura, con la voz y con el cuerpo, como si en esa lucha por aceptar el profundo sentido de las cosas se me hubiese ido la vida, o lo que se supone que es la vida cuando la nombras, cuando capturas con signos lingüísticos la lógica de esa realidad impuesta que nos agrede y nos envilece y nos tuerce el cuello. El horror, ahora mismo, es perderlas. Permitir que el luto que arrastro por dentro destruya, sin ellas, mi identidad. Repetir como un rezo perpetuo la ceremonia del adiós y hundirme, enfermo de muerte, en esa infinita melancolía que es el preludio del fin.

Mi antídoto transitorio ha sido disociarme. Ser otro. Pensar como otro. Vivir como otro. Observar con distancia el duelo que hunde su pico en mis órganos y los devora con lentitud. Negar el dolor con frialdad y cinismo. De eso se trata. Es una estrategia útil pero tiene su límite perverso. Disociar es como aguantar la respiración bajo el agua. Al final, ¿qué queda? Nada, no queda nada: aire o muerte, no hay otra opción. Esto que escribo, por el contrario (dicen los psicólogos, lo leí en internet), serviría para procesar el dolor. La idea es escribir como una forma de terapia. Una idea que ciertamente me repugna. Una idea a la que me aferro con cobardía pero que es, en realidad, una afrenta. Nunca pensé que caería tan bajo. ¿De qué sirve el escritor que desconfía de sus palabras? Si les teme, si la realidad que contienen se ha vuelto espejismo y simulacro y pesadilla eterna, ¿qué otro camino le queda sino la muerte?

Ah, la muerte. Recuerdo esa vez que un editor español se ofendió profundamente conmigo porque dije que los suicidas eran valientes. Fui imprudente, lo confieso: un estudiante suyo, de catorce o quince años, un chico sincero y brillante –quién iba a pensarlo–, se había lanzado de madrugada a las vías del tren, y ese pequeño pueblo costero de Barcelona, en el que nació y creció y perdió la virginidad y abandonó para siempre con el corazón hecho un hueco, fue tomado por esa desesperación colectiva que produce la incertidumbre. Es probable, entonces, que me equivocase. Mis lecturas han sido fundamentales para reafirmar valores y convicciones, y también implacables en la formación de mi temperamento. La valentía del suicida –creo recordar– estaba relacionada con una cita en la que Arthur Schopenhauer habla del suicido como de la afirmación más poderosa de la voluntad y del querer vivir. «El suicida ama la vida; lo único que pasa es que no acepta las condiciones en que se le ofrece», afirma el filósofo alemán, y con ello comprendí que el suicidio no es señal del deseo de muerte sino, por el contrario, manifestación de la aceptación y la afirmación de una vida sin sufrimientos.

En cuanto a las palabras que me abandonaron, que aparentemente se fueron, tengo un enorme dilema. En realidad es miedo: tengo miedo de no poder volver a escribir. Es la primera vez, en muchos meses, que puedo pasar de una página sin borrarla o destruirla por vergüenza. Vuelvo, entonces, sobre mi plan indecoroso de luchar contra mi sequía creativa escribiendo sobre mi amigo muerto. Las posibilidades de que esto termine siendo una novela son nulas. A lo máximo podría aspirar a convertirse en un diario de apuntes o en una miscelánea sobre mi búsqueda. Permítanme, entonces, hablarles un poco sobre esto último: mi búsqueda. No es verdad que sólo haya venido a París a escribir. Mentí un poco. Algunos meses después de la muerte de Francisco, estando en Lima, me enteré de que Cayetana Herencia vivía aquí desde 2011. Sé que todo esto es confuso (ya intentaré explicarlo). Bastará decir que Cayetana fue, al parecer, mujer de Francisco y estuvo en Berlín el día en que fue asaltado y agredido, de una manera brutal, por una banda de delincuentes.

¿Cómo contar todo esto como si fuera falso? ¿Cómo intentar resolver el enigma de la muerte de mi amigo en tiempo real? Es un poco raro: soy sólo un escritor bloqueado fracasando en París, pero parece que las circunstancias me empujaran a pensar y actuar como un detective. Lo más probable es que, al final, me quede con la segunda opción. Ya dije que no veo cómo esto pueda llegar a ser una novela, y la única historia que deseo relatar es aquella en la que descubro lo que ocurrió con Francisco, y el *spleen* de mi vida se acaba para siempre.

DOS

Jun 1, 2015 at 10:42 AM

Carmen Luz Carhuayo <ChequitaLaLoca@gmail.com>
to me
SUBJECT: Cayetana en París

    Estimado Sr. Diego:
    ¿Cómo le va todo por París? Espero que bien. Quisiera agradecerle, de nuevo, la gentileza que tuvo de leer mi manuscrito, darme consejos y hacerme todas esas sugerencias para corregirlo. Sé que de repente no hubiera sido posible conocerlo si no fuera porque mi maestra Espergesia resultó siendo amiga de su señora madre (¡Lima es enana!), pero la vida me ha enseñado que es bueno ser agradecida siempre.
    He vuelto a leer *Borges*. Es la tercera vez que lo hago. Usted dijo, en más de una entrevista, que le había puesto así en homenaje a los relatos policiales que Borges y Bioy Casares escribieron juntos bajo el seudónimo de H. Bustos Domecq. Me preguntaba si su obra se podría calificar como una novela de detectives porque, salvo los militares y ese comisario corrupto de la parte final, no encontré de-

tectives por ningún lado. Mi maestra me dijo que, aún siendo una novela tan fuerte y violenta sobre lo que pasó en el Perú de los ochenta, le había gustado mucho (usted sabe que ella vivió esa época muy intensamente). Le parecía, sin embargo, un poco arriesgado haberle puesto ese título. Los lectores, dijo, podrían pensar que es algo así como una «biografía novelada de Borges» (la cito porque lo dijo de esa forma).

Mi novela, como sabe, no es sobre el conflicto interno sino sobre lo que vino después del fujimorismo (que es, por edad, junto con la dictadura, la época que me toca). No vaya a creer que me estoy copiando, por favor: ¡usted sólo es uno de los muchos autores que me inspiran! (lo siento, es un chiste tonto).

No lo interrumpo más con asuntos relacionados con mi libro (al final, ¿le gustó o no?), usted ya ha sido demasiado amable conmigo.

Paso, entonces, a lo que me pidió en su último correo.

Cuando usted me preguntó por la señorita Cayetana, pensé que era imposible que me estuviera hablando de la misma persona. De dónde, pues, usted que vive tan lejos, ¿de dónde podría conocerla? Y es curioso también que su pregunta surgiera cuando yo la nombré. Se habrá pensado, seguro, que hay pocas Cayetanas Herencia en Lima. En realidad se equivoca, ya averigüé: en el Facebook hay como diez, ¡y sólo en el Perú! (por cierto, yo también votaré por Verónika Mendoza, gracias por sus posts: ¡los leo sin falta todas las mañanas!)... Le confirmo, desde ya, que ella no tiene Facebook ni nada de eso. Qué increíble y chocante fue escucharlo mencionar a su amigo Francisco Méndez (que en paz descanse, le envío mis más sentidas condolencias). Usted dijo su nombre y a mí me dio como un escalofrío en la espalda. Como le dije esa vez: su Francisco es el mismo Francisco que fue novio de la señorita

Cayetana hace, más o menos, diez años. Yo ya no trabajaba en la casa de la señora Hilaria, su madre, cuando me enteré de su fallecimiento. Lo vi por la tele y me quedé idiota. Tuvo hasta reportaje, creo. No me sorprendió que usted me dijera que no conocía a la señorita Cayetana. No es bueno hablar mal de los muertos y le ruego que me disculpe, pero usted me rogó encarecidamente ser honesta. Lo cierto es que su amigo Francisco, por lo menos aquí, con la señorita, no se portó nada bien, no fue un caballero ni un buen hombre. Imagino que tendría otras y por eso no lo contaba. Estoy especulando. Ella sufrió terriblemente cuando el señor Francisco la dejó. ¡Le hizo tanto daño que me quedo sin palabras para describirlo!

Le confirmo, señor Diego, que la señorita Cayetana sigue viviendo en París. Lamentablemente, no sé su teléfono ni su dirección. Llamé a la señora Hilaria y, al parecer, ella también se fue a Francia (pero sólo de visita). Si usted espera un poco, cuando regrese la señora podré conseguirle el número y la dirección de su hija. Desde que se fue del Perú, esto ocurrió en 2011, yo sólo he hablado dos veces por teléfono con ella porque estaba de visita en su casa de Magdalena y justo llamó.

Lamento no poder ayudarlo todavía (¡créame que lo intenté!)

Reciba un abrazo fraterno de mi parte.

Sé que está escribiendo.

Tengo todas las ganas del mundo de leer su nueva obra.

Atentamente,

        Carmen Luz Carhuayo

TRES

No sé si fue la desaparición de Francisco lo que me hizo interesarme en un acto tan triste como el suicidio. En mis novelas siempre hay suicidas célebres y cierta macabra fascinación por la dolorosa creatividad con la que se mataron. Ni siquiera es algo que alguna vez haya contemplado con seriedad. Esto me produce una recurrente ansiedad y no sé si alegrarme o avergonzarme ahora, después de todo lo que pasó. Ayer por la tarde, justo cuando había conseguido salir de casa, en el único café de la rue Montorgueil donde puedo comprar un *espresso* y quedarme a escribir por horas sin que me boten, me topé con una nota en el diario *Libération* que arranqué como pude y me traje doblada en el bolsillo de la chaqueta.

Era un informe estadístico sobre la tasa y las características de los suicidios en Francia. El texto iniciaba con una cifra aterradora y cautivante que me impulsó a leerlo todo de golpe, casi sin respirar: «Un francés de cada cincuenta muere por suicidio. Y uno sobre veinte hizo una tentativa en el transcurso de su vida.»

(El brazo, recuerdo el brazo roto de Edmund, el niño rubio, recuerdo que juega con su sombra a contraluz en el edificio derruido, ¡Edmund!, le grita su hermana, se ha escondido, se quita el saco, maneja un trozo de acero retorcido como un revólver, dispara contra las ruinas de Alemania, apoya el cañón imaginario contra su sien, observa el coche fúnebre que llega a recoger el ataúd de su padre, no hay sentimentalismo ni dolor ni indiferencia ni confusión, en su rostro no hay signos legibles de nada, se toma la cara Edmund, yo tengo diecisiete años y Edmund tiene doce, yo estoy en el pequeño auditorio de la Universidad de Lima y creo saber algo de la vida hasta que Edmund salta al vacío y cae muerto sobre un montón de piedras con el brazo dislocado, y a mí se me corta la respiración por primera vez, y siento angustia –aunque no sé que eso se llama angustia– y le pregunto al profesor Bedoya el nombre de eso que nos mostró y él dice «Rossellini» y yo no entiendo mucho pero sé que necesito encontrarlo pronto y entender, verlo de nuevo y entender.)

Los párrafos siguientes tienen más cifras comparativas, y aunque prima en ellos el tono frío y despersonalizado del informe científico, estoy como embrujado por sus revelaciones: «En el año 2011, hubo 10.367 decesos por suicidio en Francia Metropolitana y casi doscientas mil personas fueron llevadas a salas de urgencia luego de tentativas de suicidio. Los hombres mueren más que las mujeres por suicidio. La diferencia es marcada: el número es tres veces mayor. Sin embargo, aunque las mujeres lo intentan el doble de veces que los hombres, las consecuencias fatales son menores.»

(Isa tiene veinte años y trabaja de costurera en una fábrica en Lille, Marie también, ahí se conocen, ahí se vuelven amigas, es probable que tengan más de veinte pero no importa, ninguna de las dos tiene dinero, son obreras francesas y tienen que trabajar para comer y para fumar y para que el tiempo pase más rápido en la gris Lille, no parece importarles mucho, caminan abrazadas, piden dinero en la calle, se ríen con esa magia que tiene la risa de las jóvenes que no piensan mucho en la muerte, Marie vive en la casa de una niña que está en coma, Isa se muda con ella, son amigas, pero mientras a Marie no le interesa la niña moribunda, Isa le escribe cartas para cuando despierte, Marie e Isa salen de noche, beben, se divierten, consiguen chicos, duermen con ellos, viven la vida que tienen, Marie conoce a Chris, Chris es el dueño de la disco a la que suelen ir, Chris tiene dinero, Marie no lo tiene, él la seduce, ella se deja seducir, se acuestan, muchas veces, Marie se ilusiona y de pronto la vida que tiene con Isa ya no le importa tanto, quiere a Isa pero está dispuesta a sacrificar su amistad por Chris y por lo que representa Chris, Chris no piensa igual, Chris deja de llamar a Marie, Marie se deprime, no sale de la cama, está irascible, ofuscada, triste, piensa luchar por Chris, piensa hablar con Chris y hacerlo recapacitar y pelear por esa vida que no tiene en la gris Lille, si tiene más de veinte no lo parece, busca a Chris pero Chris está besando a otra mujer, Marie huye, enloquecida, huye y luego se encierra, está como muerta pero es una muerta violenta que grita y que pega, le pega a Isa, por ejemplo, la bota de esa casa que no es suya, por ejemplo, y regresa por Chris y es rechazada y ya no insiste más y parece que nada va a pasar, parece que Marie se olvidará pronto de todo porque apenas tiene veinte años, Isa lo sabe y por eso no se preocupa, Isa está escribiendo otra carta para la niña en coma cuando oye ruidos extraños en el cuarto de Marie, se está yendo de casa, tiene su mochila y una bolsa de dormir, tiene pena, hace frío en Lille, abre la puerta de la habitación de Marie, ocurre en segundos, Isa se lleva con horror la mano a la boca, Marie está de espaldas sentada en el alféizar, los pies colgando en el vacío, la cabeza resignada hacia delante, la voluntad rota, lleva una chaqueta de cuero porque hace frío en Lille, y está bien abrigada cuando se abandona, cuando se impulsa con las manos y se deja caer, cuando destroza su joven cuerpo contra una calle cualquiera de Lille, y no hay ruido en la película pero hay gritos en el cine, y yo ya tengo veinte y veo estas películas con frecuencia y pronto dejaré Lima creyendo haber entendido algo aunque me equivoco, aunque no tengo ni puta idea de lo que está ocurriendo.)

Los ancianos se suicidan más que los jóvenes en Francia, señala el último párrafo del artículo, y pienso que es casi natural porque la vejez es fea y asusta; sin embargo, sigo leyendo, los jóvenes son más efectivos que los viejos porque «el suicidio, al día de hoy, es la segunda causa de decesos entre la población juvenil, luego de los accidentes de carretera. El suicidio representa 16% del total de muertes entre los 15 y los 24 años».

¿Qué queda ahora por hacer?

No lo sé. Estoy escribiendo a mano. La idea de que esto termine siendo una novela ahora me abruma. No me importa si les parece hipócrita, si finalmente leen esto en un libro con mi nombre y piensan que soy un hipócrita que lo tiene todo calculado y se burla de ustedes. Da igual. Piensen lo que quieran, qué más da. No he terminado nada desde lo que pasó en Berlín y todo lo que he escrito es tan grosero que me asquea. Y posiblemente también es por eso que haya llorado el día de mi cumpleaños: por la impotencia de sentirme seco para la literatura, por el vértigo que siento al darme cuenta de que no podré escribir nada hasta que no cuente esa historia en la que participo y de la cual la ficción no podrá salvarme. Mientras todo se quede encerrado en esta libreta, seguiré fingiendo que es tan simple como enterrar el pasado, ignorando las cuchilladas de angustia que se clavan en mi pecho y me paralizan en la calle, en el supermercado, en el metro, en la cama prestada de mi *chambre de bonne* de la rue Étienne Marcel.

Ahora estoy cansado de pensar y de escribir. Tengo que salir, comprar café y una barra de pan con los diez euros que me prestó Omar Nietzsche. Y también debo retomar la búsqueda. Hace dos días estuve en el Hotel Esmeralda visitando a mi amigo Goran Tocilovac, el autor de la *Trilogía parisina*. Suelo ir todos los lunes a ese famoso hotelito que solían frecuentar estrellas como Serge Gainsbourg, Maria Schneider, Hugo Pratt, Claudia Cardinale, Rainer Werner Fassbinder o Chet Baker. Queda en la simpática rue St.-Julien-le-Pauvre, justo al frente de la catedral de Notre Dame, cruzando el río Sena en dirección al barrio de Saint-Michel. Goran es serbio pero escribe novelas raras en peruano. Trabaja en el Hotel Esmeralda de recepcionista desde hace más de veinte años. Con él y con Mario Wong, otro amigo escritor, solemos beber whisky de madrugada, en sus horas de trabajo. Goran me habló de un tipo medio delirante que asegura conocer a todos los peruanos de París. No recordaba su nombre exacto pero sabía que le decían el «Tenebroso». Pensé que me estaba jodiendo. Mario nunca había escuchado de él. Goran me aconsejó llamar a nuestro amigo el poeta Elqui Burgos para preguntarle y al día siguiente así lo hice.

–Se llama Ezequiel Colchado, pero en París tiene otro nombre. Desde que llegó, creo que fue a inicios de los noventa, se cambió de nombre él solo. –Elqui carraspeó o estornudó o se atoró, o quizás sólo hizo un ruido extraño con la garganta que tenía un poco de todo eso–. A mí me dijo su nombre verdadero, pero creo que soy el único que lo sabe. A partir de ahí, se presentaba a todo el mundo como Pochito Tenebroso. Es un locazo. Me acuerdo que le pregunté: Ezequiel, ¿por qué te presentas con tu seudónimo?, y él me respondió, mirándome serio, que quién mierda era Ezequiel. Je. Creo que sigue locazo. No tengo su teléfono porque no lo veo hace como tres años, pero Elías Durán, lo conoces, ¿no?, poeta de Hora Zero, él debe tenerlo, creo que lo vio hace poco. Llámalo de mi parte, si quieres.

Conocía a Elías. Habíamos tomado un par de veces en Le Sully, mi bar favorito, mi «oficina» en París. Sabía de Elías por *Días de Blues*, una plaqueta de poesía maravillosa que había aparecido en 1979, dos años después de que yo naciera. Era su único libro publicado hasta la fecha. Sabía, además, que había sido muy amigo del poeta infrarrealista mexicano Mario Santiago Papasquiaro, y que él, melómano consumado, le había hecho escuchar a Miles Davis por primera vez. Juntos robaban discos y casetes en las discotiendas de la Place d'Italie y luego se pasaban las tardes parisinas escuchándolos, fumando relajados en sus *chambres de bonne*. Elías me confirmó que Pochito Tenebroso estaba un poco loco, pero me dijo que era un pata interesante, con una historia de vida intensa y que, aunque era un poco mitómano, no era mala gente. También me dijo, riéndose, que hablaba «raro».

Al señor Tenebroso lo llamé seis veces en un semana, le dejé tres mensajes y le envié cinco SMS. No contestó nada. Volví a llamar a Elías para confirmar que era el número correcto y me dijo que sí pero que demoraba en responder. Espero que aparezca pronto. Mis intentos por encontrar a Cayetana Herencia, hasta el momento, han fracasado todos. No está registrada en el consulado peruano. Nadie la conoce ni ha oído de ella. Es ligeramente patético que mi esperanza se reduzca a un orate que se hace llamar Pochito Tenebroso y que todos recuerdan por mentiroso. Mientras todo esto siga en el mismo limbo, no tengo nada de que escribir. ¿Qué puedo decir ahora que parezca cuerdo? Nada. No puedo decir nada salvo que me siento enganchado y triste y no encuentro otra manera de sobrellevar esta tristeza que seguir buscándola.

Me gustaría reírme pero no encuentro cómo sin sentirme un hombre ridículo y delirante que persigue un fantasma. Si los desvaríos y las mentiras de Francisco no hubieran sido tan sugestivos, tan atrayentes, tan reales en su maravillosa fabulación, esta locura no tendría justificación. De hecho, no la tiene. Pero hay en el duelo una locura perniciosa que los ensoñados necesitamos desesperadamente para mantener vivos a nuestros muertos. Sospecho que de eso también tratará esta historia. De los muertos que se niegan a irse. De un pasado que asedia y destruye y me obliga a ser cómplice.

CUATRO

¿Quién carajos te dijo lo de Ezequiel? ¿Elqui o Elías? Da igual, Chato, qué chucha me importa. Ezequiel Colchado no soy yo. Ezequiel Colchado murió en 1991: lo mató el Pocho. La historia de su muerte es el deshueve, causa, estuvo mágicamente inspirada en Ziggy Stardust pero al revés, o sea, en mi caso, el álter ego ganó, no sé si me entiendes. Seguro que no, tu cara de autogol te delata. El único que conoce esa historia es Elías porque, de todos mis tíos pericultosos, Elías Durán era el único que sí sabía *en serio* quién era Bowie, conchasumare, ¡mira que escribir poesía escuchando el «Mambo Lupita» de Pérez Prado! No hay derecho, carajo, ni Godard era tan posero, y era para achorarse, Chato rosquetóvich, era para retarlos a duelo cuando iban de poetas radicales y revoltosos por las calles de París, ta mare, escuchaban a los Beatles y a los Rolling Stones y ya se sentían iluminados y lisérgicos con su chiva pulgosa y el pelo alborotadito. Mis tíos son la cagada, causa. Todos escriben mejor que tú, por si acaso, así que deja de reírte como retrasado mental. Si me pongo perifaltoso es, simplemente, porque los quiero bien.

¿Dónde está tu rondita de chelas pericotosas, Chato? ¡Te toca!... ¡¿Quéeeeeee?! ¿Que ya no tienes bille? *Oh, pu-*

tain! Eso de salir con escritores misios es más feo que cagar pa' dentro, conchasumare, te pasas. Yo sé muy bien que no querrás gozarme seco, broder, a mí me entra la noica y me periarrebato en *one*... Escucha al Pocho, ésta es la parte en que me pongo regalón... ¡Ah, no! Aguanta, hermanito, ¿qué hora es? Mi flaca pechugona ya debe estar histérico-amorosa y recontra empinchada... ¿Las seis? Llanto. Hay tiempo. El concierto de los satánicos es a las ocho y creo que es por el barrio once, si no me equivoco, en la Sala Bataclan, ¿conoces? ¡Qué vas a conocer tú!, ya mejor ni respondas, de Belleville seguro no pasas, ta mare. No quiero ni imaginar la cagada que debes estar escribiendo ahora. Pásale mejor la voz a Günter el furioso que el Pochito te va a prestar plata. Me debes dos *pintes*.

¡Salúuuuuuu pes, Chato! Chupa gratis nomás y agradece porque ya no hay *plus*... ¡Qué rico, carajo! Te digo una cosa, causa, bien firme: si nos levantamos ahorita unos culitos europeos aquí en Le Sully, a la mierda la flaca y el concierto metálico, nos vamos de juerga en tu *chambre* pituca que *la vie est belle!* ¿Ah?, ¿cómo la ves?... Oe, huevón, ¿qué te pasa? Ya ni te ríes. ¡Te veo borracho hasta el culo! No sabes tomar. Eso es. Eres pollo y monse, como todo escritor del Regatas Lima. Yo sé que tú quieres hablar de Cayetana no-sé-qué: la flaca esa peripituca que te obsesiona. Eres un desconsiderado, broder, se acabó el respeto. El Pochito ha venido hasta aquí para enseñarte a escribir en serio, huevonazo, y tú sólo estás pensando en esa pendeja conchasumare, y después te quejas. No importa, Chato, ya pasaste la prueba: igual me caes bien. Mejor, ya que estamos en plan huasca, vamos a ponernos intensos y pericursis.

Te digo una cosa que va a sonar un poquito rosquetóvich: me recuerdas mucho a alguien. Por mi mare', causa, desde que te vi entrar al Sully con esa carita de rufián melancólico, al toque pensé: rechucha, ¡ahí está el Jaime! Me asustaste, broder, en serio me periloquié. Ni siquiera es una vaina física, no: tú eres medio blancón con pecas y el Jaime no tanto, él era un cholo solapa, marroncito como el Pocho pero de cacharro más fino. La hueva'a es una onda como de conexión místico-automática, o sea, algo que no te esperas pero, cuando aparece, la sientes recontra intensa. ¡No me mires como si fuera cabro, carajo! Más seriedad, Chato, que estoy a punto de soltar algo importante.

¿Sabes quién era el Jaime Velásquez? El mejor amigo de Ezquiel, su yunta, su recontra causa de toda la vida. ¿Sabes por qué te hablo de él en pasado? Porque el Jaime está muerto y se quedó en él. Los paramilitares se lo levantaron en Villa El Salvador. Estaba haciendo un trabajo de campo universitario. Han pasado veinticinco años desde que lo desaparecieron y el Jaime todavía no vuelve... ¿Ya se te fue la borrachera, Chato? Tranquilo. El Pochito sigue siendo generoso contigo y con tus novelas. Piensa en ti porque en él no puede. Desde el primer día que llegó a París, sin un centavo en el bolsillo, conchasumare, el Pochito ha intentado escribir un relato sobre la historia del Jaime y no ha podido. El problema no es la imaginación, Chato, sino la perspectiva. Hubiera sido más fácil imaginarlo pero aquí lo que complica todo es la mirada, el punto de vista. El Pochito siempre se pregunta si Ezequiel Colchado estaba a diez, quince o veinte metros de Jaime cuando llegó el patrullero, y también intenta recordar qué sintió realmente Ezequiel cuando, a lo lejos, entreverado entre la gente, veía cómo se llevaban para siempre a su mejor amigo.

Como ves, broder, éste es un cuento inacabado sobre los años del terror en el Perú, sobre esos años que tú no viviste porque eras muy chibolo o estabas protegido en tu casita de San Isidro City. Vaya, que tienes huevos para escribir sobre algo de lo que no sabes ni mierda. ¡Y todavía vas de canchero y le pones *Borges!* Ta que... Loco, tustás hasta las huevas. No tienes ni idea porque no estuviste. La represión al final de los ochenta, y, peor aún, cuando entró el Chino rata, era una huevada monstruosa. El Pochito todavía era Ezequiel por entonces y estudiaba en San Marcos. Jaime tenía más bille y estaba en la Católica. Daba lo mismo, igual se hicieron patas. Yo soy del Agucho, causa, cholo y misio fui toda mi puta vida. Nací proletario, me hice cumpa. No había de otra. Había que resistir. El sistema capitalista burgués a nosotros nos oprimía en serio, no era floro ni huevadas pero de eso ustedes no saben. Los hijos de los ricos y de los burgueses nunca van a la guerra. Los de San Marcos, Cantuta, Villarreal estábamos recontra cagados. Cero chamba, cero oportunidades, el país en la puta ruina, si no te cagabas de hambre era porque hacías olla común, te quejabas, reclamabas, te sumabas a los paros o a las marchas, y los perros te sacaban la conchasumadre y luego te metían preso por terruco. Era eso o te fondeaban, causa, muy simple: una de dos...

No sé por qué chucha te estoy contando todo esto, la verdad. Ahorita empiezo a moquear por tu culpa, Chato, maleas mal. Ezequiel vio perderse a Jaime y morir a muchos cumpas como Jaime. Baleados, explotados, descuartizados, vio cómo se los llevaba para siempre la Caravana de la Muerte, conchasumare. Yo me vine a París huyendo de todo eso, Chato. Ya estaba pedido por allá, mi cabeza ya tenía precio. Hay cositas, causa, que es mejor no mencionar ni saber. Hay muchos peruanos de mierda en París haciendo chamba de inteligencia: mucho fujimorista facho hablando cojudeces y movilizando a la gente... Yarayara, broder, cuidadito que también están los Senderos, ¡ayayay los Senderos! Ésos siempre llegan. A todas las polladas, calladitos, mirando el piso, parecen hasta respetuosos los pendejos, conchasumare, tú crees que no va a pasar nada y de pronto se emborrachan y te sueltan completito el rollo del presidente Gonzalo y la guerra popular, se meten a las fotos de los amigos con la mano alzada, te queman la película para desprestigiarte en público los Senderos. Óyelo bien, Chato: si alguno de esos malnacidos te dice que lo conozco, no le creas nada. Hace rato que me están difamando. Quieren terruquearme, me confunden con otro adrede. El Pochito Tenebroso, le dicen a la gente para joderme, es el «camarada Manuel»... ¿Puedes creerlo? No sé quién pingas pueda ser ese «camarada Manuel» y me llega al pincho si existe. Estos perros mentirosos se piensan que todos son terrucos como ellos. Pero el Pochito ya está muy lejos de toda esa mierda, Chato. Aquí en París el pasado se terminó y por eso, como te dije al inicio, Ezequiel Colchado está muerto.

¿Por qué chucha no escribes sobre eso, dime? Piénsalo, broder: ¡una novela sobre el Pochito Tenebroso!, el deshueve, ¿qué esperas?... ¿¿Cómo?? ¡Qué chucha me importa esa pendeja ahora! Olvídate, te he dicho. Cayetana Herencia ya se fue. O nunca vino. Y así es mejor. Para ti es mejor. Nada de lo que te hubiera podido decir una germa con ese nombre importa. Tú escribe. Escribe sobre lo que yo no puedo, Chato, escribe en mi nombre. Yo te puedo contar más pero no ahora. El Pochito ya se tiene que ir, su flaquita rocanrolera lo espera.

Gracias por las chelas, causa, me has caído bien. Ahora ándate a tu *chambre*, métete una buena paja para relajarte y ponte a escribir tranquilo. Ya vas a ver qué bien funciona. No te lo dice cualquier huevón, Chato, recuérdalo siempre: te lo dice el Pocho...

CINCO

Cayetana Herencia apareció pocos días después. Nos dimos cita en el bar La Cordonnerie de la rue Saint-Denis, a dos cuadras y un poco más de mi casa. Recibí el número de teléfono por correo electrónico, me lo envió una escritora peruana que la conocía desde niña. Fue tan sencillo contactarla que, al oírla aceptando con frialdad mi propuesta, me sentí agredido por mi simpleza. Yo iba de malas igual. Había perdido el trabajo en el *collège* de Nanterre. Me quedaba poco dinero para pagar la renta. No escribía nada. De hecho, ya por entonces, invadido por una extraña apatía, desalentado por un pudor repentino que me cubría de vergüenza, sintiéndome defectuoso y completamente arruinado para la literatura, había renunciado a escribir este cuaderno.

Cayetana era ciertamente bella, quizás más de lo que esperaba. No tenía zapatos de taco pero igual me llevaba media cabeza y tuvo que encorvarse un poco para saludarme. Desde lejos se le notaba el vientre abultado, entró al bar sobándose la panza con la mano derecha, como si le estuviera hablando a la criatura con el tacto. Tenía cinco meses de embarazo. Su marido, aseguró, era un buen hombre. Se pidió un té verde en un francés tan perfecto y armónico que yo preferí ser escueto para pedir mi cerveza. Aunque sabía a qué venía, no parecía nerviosa ni incómoda. No tenía muchas preguntas pero intuía que sus respuestas me darían pie para improvisar algunas otras. Le pedí permiso para grabar la conversación y se negó sonriendo. Le pregunté si sabía que yo era escritor y me respondió que sí. Dijo, además, que venía sólo porque se lo había prometido a la «Chequita», y supe que se refería a Carmen Luz, la mujer que me había ayudado a encontrarla, pero preferí no ahondar en el asunto y concentrarme en lo que teníamos que hacer.

Mi desconcierto fue absoluto cuando, de manera repentina, me dijo que tenía que irse muy pronto, su esposo vendría a recogerla en cinco minutos. Pensé que se burlaba de mí, quise mantener la calma pero enrojecí de golpe y ella se dio cuenta. La miré incrédulo, con la boca semiabierta y quieta, esperando que me dijera que se trataba de un malentendido o de un broma de mal gusto. Cayetana se mantenía impasible, tocándose de nuevo la panza preñada, indiferente a mi confusión pero sonriéndome en silencio, como si no hubiera nada que agregar a lo dicho. Miré, entonces, la boca pequeña y carnosa, los grandes ojos caramelo, la delicada nariz de muñeca, la piel firme y sedosa de su rostro. Era hermosa, sin duda, pero, al mismo tiempo, debajo de esa capa de belleza, supe leer en sus rasgos, en sus gestos indolentes, en su triste y risueña parquedad, las huellas decadentes del hastío, del sufrimiento más desolador.

–¿Cómo que te tienes que ir? –le dije–. No entiendo, Cayetana. No hemos hablado nada –agregué resentido, con un tono de ira educada que ya sabía inútil para convencerla.

–Lo siento mucho –dijo apesadumbrada, esta vez con sinceridad–. Si crees que estoy aquí para decirte por qué se mató Francisco, te equivocas. No tengo idea de por qué hizo algo así. Desde que llegué a Francia, corté todo contacto con él. Me preguntaste por teléfono algo relacionado con Berlín. No te dije nada porque no entendí. Nunca he estado en Berlín y menos con Francisco. No tengo nada más que decirte, Diego, lo siento mucho. Esa parte de mi vida está muerta. *Esta* parte de mi vida –se tocó la panza otra vez– es la única que importa.

No agregó más de lo que me dijo esa tarde, y *eso*, que era nada y lo era todo al mismo tiempo, que sólo abría más huecos en mi búsqueda infructuosa por entender lo que nunca podría entender, fue lo único que pude rescatar para la memoria de mi amigo muerto. Mi novela cayó fulminada en ese instante. Tenía una bola vacía en la garganta cuando el marido de Cayetana entró. Era un hombre flaco y rubio que llevaba el pelo largo y orgullosamente sucio. Vestía como un adolescente, con un polo negro de Pink Floyd y unos jeans raídos y rotos en las rodillas. Pensé que sería alemán o sueco, pero cuando me extendió la mano con cortesía, me dijo en su perfecto español latinoamericano que era peruano y se llamaba Mateo Hoffman.

No se quedaron mucho tiempo, unos cuarenta segundos en los que intercambiamos impresiones y recuerdos superfluos de Lima. Yo pensaba que, apenas salieran, no volvería a verlos de nuevo pero me equivoqué. No habían pasado ni treinta segundos desde que se fueron cuando Mateo Hoffman regresó al bar solo, casi corriendo, agitado e inquieto como si hubiera extraviado algo en el café. No perdió la sonrisa amable cuando se dirigió hacia mí y, tocándome el hombro con cierta aspereza, me preguntó si por casualidad conocía a Ezequiel Colchado, un peruano que vivía desde hacía mucho tiempo en París y que también era conocido como el Pocho.

Me quedé pasmado, alcé las cejas con horror. Vi en su rostro blanco y sudoroso, en las talladas curvas de su boca seca, en las delgadas venas palpitantes de su sien, las ruinas de una pequeña locura que se asomaba a saludarme. No entendía nada y tuve miedo. Y acaso por eso, negando con la cabeza y mirando el piso, le respondí que no lo conocía, que nunca había escuchado ese nombre. Sospecho que Mateo Hoffman intuía y despreciaba mi mentira mientras volvía a extenderme la mano para despedirse. Cuando salió del bar, me quedé temblando y pedí otra cerveza. A lo mejor no estaba arruinado para la escritura. Por extraño que parezca, en ese momento en lo único que pensaba era en este cuaderno, en la literatura que me había abandonado, que se había secado en mi interior, y en la posible novela que vivía y crecía dentro de mí, aunque por entonces, abrumado por el miedo, yo no fuera capaz de entenderlo.

París, junio, 2016

*A la memoria de Enrique Fierro (1941-2016),
Oswaldo Reynoso (1931-2016) y Miguel Gutiérrez
(1940-2016)*

ÍNDICE

PRIMERA PARTE
Lima. Invierno, 2010.   11
París. Verano, 2015.   33
Lima. Invierno, 2000.   41
París. Verano, 2015.   65
Londres, Lima, Berlín. Años 2000   75

SEGUNDA PARTE
Uno   109
Dos. La parte de Ubaldo Martínez   114
Tres   135
Cuatro. La parte del Dandi.   143
Cinco   171

PARTE FINAL
Berlín. Verano, 2013.   179
París. Verano, 2015.   189
   Uno   191
   Dos   197
   Tres   200
   Cuatro   207
   Cinco   212